錦瑟

顧日凡

楔子

〈錦瑟〉

錦瑟無端五十弦　一弦一柱思華年
莊生曉夢迷蝴蝶　望帝春心託杜鵑
滄海月明珠有淚　藍田日暖玉生煙
此情可待成追憶　只是當時已惘然

李義山（李商隱）這首詩千百年來許多人解說過，有一說官場失意，有一說悼念亡妻，眾說紛紜，莫衷一是。

不——這一首是情詩，主旨談情。

登場人物介紹

伍氏家族圖

○ 男性
● 女性

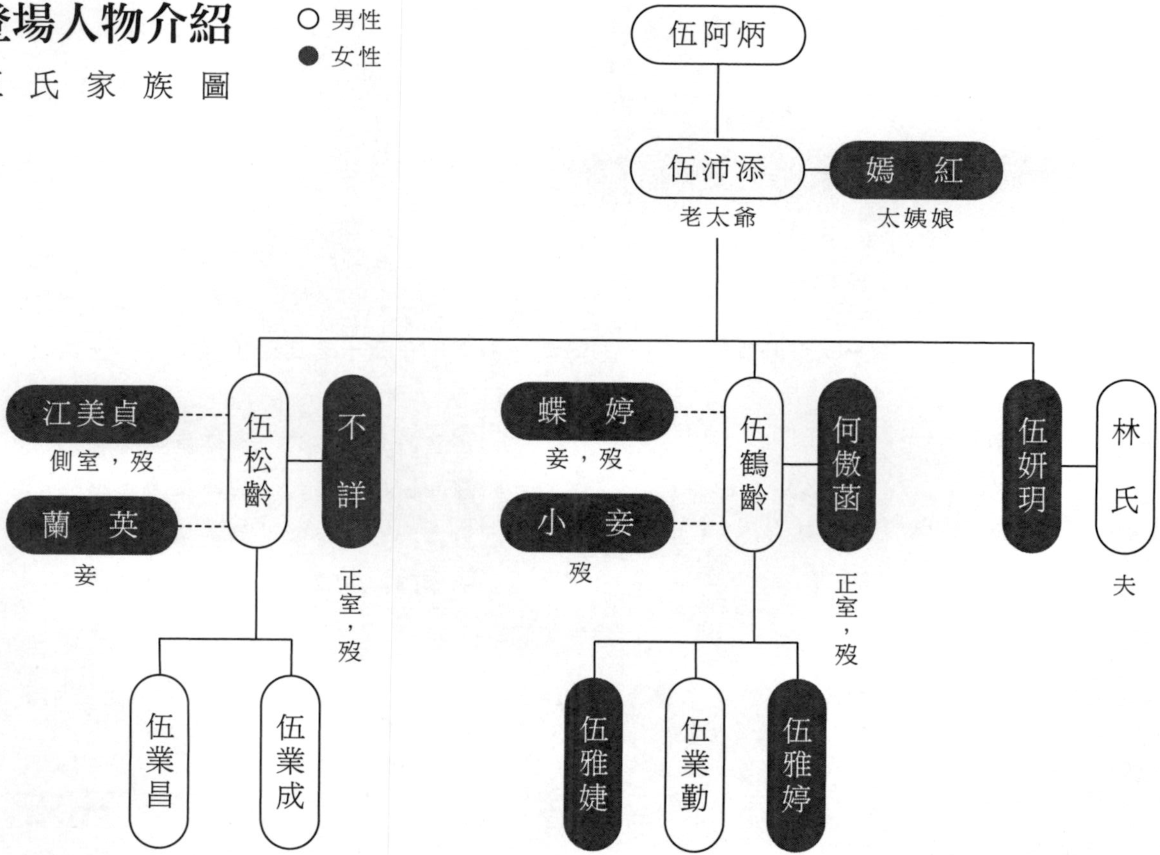

其他登場人物

藕夫人：何傲菡的長輩
招敬斌：蘭英的情人
愛銀：嫣紅的閨密
喜兒：伍家丫頭
壽兒：伍家丫頭
朱伯：伍家老門房
翠蓮：何傲菡的貼身丫頭
巧雲：伍鶴齡要迎娶的塘西妓女
嘉芙蓮：伍松齡傾慕的洋娼妓
阿朗・賓士文・羅拔臣：嘉芙蓮的皮條客
羅拔臣太太：阿朗・賓士文・羅拔臣的母親
安祖娜：迷戀阿朗・賓士文・羅拔臣的洋女
彌敦太太：安祖娜的姑母
安達臣：伍業成和顧日凡西醫學院的教授
顧日凡：伍業成的同學

目次

第一章

秦朝嶺南設南海、桂林、象三郡，香港隸屬南海番禺縣，東漢時始有中原人氏定居，宋朝時香港地名始見於文獻。

一五二三年明朝第一次開放港口對外通商，廣州是其中之一。

一七五七年英國商人多次違反禁令闖入浙江港口，清政府加重關稅仍阻擋不了外商的攻勢，關閉了閩、浙、江三個港口，只保留廣州海關對外開放。

一八〇二年英國欲從葡萄牙手中奪取澳門不果，十九世初廣州的商貿活動被赫赫有名的十三行壟斷，英商無從入手分一杯羹，英政府蠢蠢欲動發動戰爭，誓要打破貿易壁壘。

一八四〇年第一次鴉片戰爭，清朝戰敗，次年英軍登陸香港島水坑口（possession point），自行將香港改換做自由港。

一八四二年中英簽訂《南京條約》，正式割讓香港島予英國，大批商人離開廣州來香港經商。

一八四七年清政府興建九龍城寨宣示主權，此時，伍阿炳在廣州商行做事，商行東主看準香港的地理位置日益重要，大有可為，派兒子和伍阿炳到香港開分店，伍阿炳離開妻子王氏、兒子伍沛添隻身赴任。

一八五一年太平天國長毛軍起事，初期甚得農民擁護，數年後發生內訌，軍紀日差，盛極而衰，長毛軍變質成了長毛賊，到處打家刧舍，殺人放火，人們視之為洪水猛獸。

一八六四年，正是太平天國滅亡那年，一天早上伍阿炳的兒子伍沛添上班前經過村口的半月池，從口袋掏出飽點拋下池中，一只尺長的烏龜浮出水面接住，吃過後不像往常游到池心的石頭曬太陽，卻爬到池邊對著伍沛添伸頭縮頸三次，像是向伍叩了三個頭，接著反身游到對岸，爬進草叢消失不見了，第二天伍照樣拋下飽點卻不見烏龜影踪，心覺不妙，消息傳來長毛軍節節敗退，軍心散渙，敗軍到處流竄，姦淫擄掠，南方大亂，賊匪流氓攻城搶掠，伍沛添急忙捎個信兒給父親伍阿炳，伍阿炳立即囑咐他帶同母親、妻子和兒子松齡從廣州慌忙逃命到香港，伍阿炳當時已離開舊東家走單幫來回廣州香港，攢了點錢，在必列者是街和樓梯街交界附近買了一間小屋，剛好安頓一家。伍沛添在廣州讀過幾年私塾，認得幾個字，在廣州一間南北山貨店幹活，伍阿炳具保介紹他到文咸東街相熟商行做打雜，此時香港轉口港的角色略具雛型，商鋪經營出入口生意，將南洋貨物轉運到北方，反之亦然，到二十世初華人商行已發展得成行成市，俗稱「南北行」，也兼營貨幣兌換、保險和匯款，久而久之商行開設門市零沽南北山珍燕窩、海味乾貨，全盛時期有店鋪三百多間，更組織「南北行公所」聯繫同業。

一八六三年伍沛添得一子名鶴齡，三年後再添一女名妍玥，香港風氣洋化，伍沛添待三個孩子適齡時送他們到教會開辦的學校唸書，松齡完成早期階段後無心向學，年滿十三到商鋪做後生，鶴齡則考上中央書院繼續學業，那是政府開辦的第一所官立中學，提供西式教學，妍玥也唸了幾年書，纏足後退學留在家中幫忙。

一八八〇年伍松齡成家，二年內伍阿炳和其妻相繼去世，再二年松齡育一子名業昌，三年後妻子因病身故，同年續弦娶師塾老師之女江氏，後妻貞嫻淑德，持家有道，二年後生一子，其子金髮綠眼，大家心中大為詫異猜疑，伍沛添解說其家族本是北方人氏，帶有外族血統，避禍南方，孫子貌如西洋人也不足為奇，又說長孫女雅婕也是貌似洋女，眾人心中咕噥，未能釋疑，子改名業成，後江氏意外身亡，松齡沒有再婚，只收了個丫頭做妾。

一八八一年伍鶴齡於中央書院畢業，精通中英兩文雙語，旋即受聘洋人商行做見習，鶴齡生得風流俊俏，溫文儒雅，甚得女子青睞，弱冠之年，有香港望族何氏一族人素聞鶴齡才貌雙全，其獨生女傲菡年華及笄，欲選他作東床，傲菡嬌美刁蠻，心高氣傲，執意要偷偷相過鶴齡才答允，父母拗不過她任她胡來，怎料一見傾心，應承這一門親事。傲菡是天足，小時紮腳哭得呼天搶地，雙親聽得傷心，放棄為她纏足，反正他們何氏大族，生活在香港不成問題。不過，成親當日何氏族人和嘉賓將新娘子的大腳竊笑一番，及後街坊鄰里也傳為笑談，傲菡也不以為然，三年後誕一女名雅婕，黑捲髮灰眼眸。

一八八八年，伍氏家族憑藉傲菡可觀的嫁妝、行業豐富的經驗及何家廣闊的人脈關係，在填海的文咸西街開設商鋪自立門戶，及後涉足出入口生意，業務平穩，家境漸入小康，伍氏家族在祖屋附近購買土地，從新規劃加建樓房。同年，伍妍玥嫁予在洋人商行做買辦代理的林氏。

一八九三年伍鶴齡之妻傲菡難產，母死子存，子名業勤。同年，鶴齡納一妾，不久亦病故，一年後再納一小妾名蝶婷。

一八九四年太平山街發生鼠疫，從上環蔓延到西環的華人聚居地，死了二千人，其時香港三份之一人口離開返回內地避災，伍沛添的妻子也染疾死去。香港政府為了根除疫症，把太平山街一帶的華人住宅全拆掉，將空地闢成公園，喚名「卜公花園」。當年正值中日甲午戰爭，伍氏抓緊機遇，運送軍用物資到內地，發了大財，藉著疫症影響地價大跌，在「卜公花園」、大笪地一帶買了許多房產和祖屋後面一大片山頭，將祖屋擴建，供人口漸多的家人居住。伍沛添這年也納了一妾名嫣紅，據說是在荷李活道一間中檔妓院的老舉[1]。

一八九五年鶴齡之小妾蝶婷生一女，生產後抑鬱得了失心瘋症，整天傻傻呆呆、瘋瘋癲癲，狂哭喪叫，惹人煩厭，有一天幾個下女、女僕大娘看她不住讓她跑了上街，遍尋不獲，第二天有一個印度人的大頭綠衣[2]來報在「寶靈碼頭」海旁找到她的屍體。自始，鶴齡對幼女異常冷淡，眾人忖度是女嬰間接害死她母親的原故，幸好，她得到爺爺的偏愛憐惜，補償

1 粵諺「妓女」之意。本書中的粵語皆會用註釋的方式呈現，後同。
2 粵諺「警察」。

了不少，親自給她取名雅婷。

一八九八年中英簽署《展拓香港界址專條》，英方向中方租借深圳河以南土地九十九年，名為「新界」。同年伍氏大宅落成，伍沛添附庸風雅，請得文人雅士賜墨寶為大宅題名，府邸正名「伍寓」，別號「滿庭芳」，「滿」與「伍」諧音，「滿庭芳」寓意伍氏家族後人飛黃騰達，蘭桂齊芳，出人頭地。鄰人在背後戲稱是「剋妻大宅」，暗諷伍家是託死去女人之福氣才能發跡，他們還替伍氏男丁計算過，伍沛添剋死妻子，伍松齡剋死兩個正妻，伍鶴齡尤其厲害，十年間剋死了一個正妻，兩個小妾，不過他們又嚼舌根，看他年輕英俊，溫文爾雅，家財萬貫，只要他拋一個媚眼兒，隨時隨地有許多女人甘心情願為他而死。

第二章

一九一一年。

「不許動。」一個肌膚光潔無瑕、雙眼漆黑如墨的美貌少女嬌滴滴地叱責。

老人連忙正襟危坐，雙眼直勾勾向著木箱子的圓孔呆望著，後頸枕著一支鐵叉。

「不許眨眼。」少女又再責罵他。

兩個十八、九歲的侍女站在一旁竊笑，又不敢笑出聲，憋得好辛苦。

花園裡微風不停送上柚子花濃馥的甜香，老人家就在大太陽下端坐太師椅，動也不動坐了十多分鐘，卜帽、馬褂、長袍看上去也冒煙。

「行了，你可以起來了。」

老人家仍是硬繃繃坐著，雙頰凹陷，面無表情，說不出話。

「爺爺，你沒事嘛？」少女驚叫，跑過去看他。

「我沒事，只是臉龐僵硬，雙腳發麻站不起來。」

「喜兒、壽兒，還不扶起太老爺？」少女罵道。

「太老爺吩咐過只要雅婷小姐在旁，就不用我們攙扶他。」兩個侍女慌張說道。
「爺爺，您也恁刁鑽。」雅婷握著他的左臂幫他站起，喜兒急忙趨前扶著他的右臂，扶他回到書齋坐下。
老人伸手要摸雅婷的臉蛋，她靈巧地避開說：
「不許再摸我的臉，我已經是大姑娘了。」
「給我握著手總何以吧？」態度有點像色老頭。
「手也不可以碰，十四藏六親。」
「你這個瘋丫頭，人小鬼大，我還是趕快替你找個婆家。」
「爺爺好討厭，你不想我待在你身邊跟你談天說地嗎？」
「是你挑起這碼子的事情。咦，莫非你已有心上人？」
兩個侍女又在竊笑，雅婷噘著嘴。
「好了，好了，你是我的好孫女，小姑娘。為什麼拍照要硬挺十多分鐘，怪辛苦，那個蓋著大黑布的木箱就是照相機？」
雅婷臉色稍霽說：
「照相是用玻璃做媒介，先在玻璃塗上感光藥水做底片，可是玻璃感光效果極慢，往往要等上五至十鐘才能將影像印在上面，之後將玻璃底片用化學藥水沖印在照相紙，一幅照片才完成，有了玻璃底片就可以不斷沖印照片。」

「雅婷小姐，幾時也替我拍一張照片？好讓我寄給我鄉下的弟妹。」俏麗的喜兒說。

「雅婷小姐，也給我拍一些啊。」壽兒答話。

「好的，等會我給你們拍一些單人照，還有雙……。」雅婷倏地閉嘴，迅速站在老爺爺後面，垂頭不語。

「大老爺、二老爺。」兩個侍女也恭謹地退在一旁。

兩個中年男子走進來，前面一個相貌粗獷和顏悅色，剃了半月頭，腦後晃著辮子，身穿沉實藍色長衫，後面一個相貌英俊儒雅，留著西裝頭洋裝打扮，滿臉寒霜橫了雅婷一眼，立即收回。

「大伯父、爹，婷兒給你們請安。」雅婷向他瞟了一眼低頭說，額前一綹前劉海微微顫動，嘴角漾出一絲微笑。

「乖。爹，我們回店去，怎麼不見太姨娘？」年紀較大的男子對老太爺說。

「嫣紅的姐妹今天從廣州來探她，我叫她不用服侍我，陪她姊妹去逛街，她們說要到『先施百貨公司』逛一會，再到蘇杭街買花布，看絲綢。」

「她的姊妹還有什麼好人！」

「松齡！輪不到你說長輩。」

「雅婷，為什麼不穿裙子？像個野孩子，成何體統。」另外一個男子厲聲說。

「我……我……。」雅婷突然犯了口吃病結結巴巴說不出話。

「鶴……齡。」老太爺拉長尾音說。

「是，爹。」

「今天是禮拜日，是我叫雅婷不用穿裙子，有你倆在，雅婷和業成也變了玩偶，大殺風景，你們還是早點回店去，今天會有許多人客來買東西。」老太爺說。

松齡二兄弟行過禮轉身出門，松齡邊走邊說：

「我也不知為什麼你這樣討厭雅婷？」

鶴齡哼了一聲還嘴說：

「你對業成還不是一樣！」

「那個小雜種，分明是野種，只有老爺子當他如珠如寶，寵愛有加，小時有什麼小病發熱受傷也十分著緊，誠惶誠恐，還緊張過自己生病，真令人摸不著頭腦。」

「各人有各人的緣份。」

「說起來雅婷長得越來越似蝶婷，跟她媽媽生前一樣嬌俏可人。」

鶴齡臉上柔和起來。

兩人走遠，雅婷才敢鬆一口氣，隨即又惘然若失。

忽然又聽到一陣叱罵聲，顯然是大伯父伍松齡在罵人，他不會是罵下人吧？

接著一個在陽光下閃著波浪形金髮、垂頭喪氣的西洋男子和一個青年走進來，後面還有一個跟班，看清楚，那個跟班小個子可是西裝革履，身穿四顆紐扣的淺灰色上衣和摺腳長褲的時尚洋服，白色企領襯衫結了一條紅藍灰的斜紋領帶，神氣得很。他們向老太爺請安，順便介紹那個小個子。

「爺爺，這是我西醫學院的同學顧日凡。」金髮男子說。

眾人寒暄後，老太爺伍沛添頻頻打呵欠說：

「我還是上山吃幾口福壽膏回一下魂，打個盹。」

老太爺握著喜兒和壽兒的手離去。

金髮男子叫住喜兒，喜兒輕聲問老人：

「老太爺，業成少爺叫我？」

「唔，你過去吧。」

喜兒走到業成和顧日凡跟前，業成遞了一些東西給她，低聲說：

「這是你們想要的西洋布錢包。」

業成看了她的前臂一眼說：

「你的手臂多了新的瘀痕，又是那回事？」

喜兒連忙放下袖子回答：

「也沒什麼。」

喜兒謝過業成後離去。

「業成哥，剛才是否大伯父罵你？」雅婷問。

「嗯。也不是第一次。」

「大伯父罵他為什麼不穿長衫，還頂著個西裝頭。我跟鶴齡三叔也是一樣打扮，他卻只針對業成哥來罵。」

業成苦笑。

「清朝大勢已去，香港華商會去年四月決定步剪髮不易服，擇了吉日各人穿著長衫小掛，集體剪去辮子，禮成後由樂隊帶領列隊遊行，場面甚為壯觀。同年九月還破天荒舉行一場辯論大會，議題是『辮子應否保留』。」

「結果怎樣？」

「經由幾位知名人士做評判，正反雙方得分恰好相等，不分勝負，反映保守和開明勢均力敵。」

「大伯父遲早也抵擋不住歷史潮流剪去辮子，那些洋鬼子很可惡說清人腦後拖著豬尾巴，暗嘲我們是豬。」

「不過業成哥還是留西裝頭好一點，以前小時他剃了個半光頭，編了一條金辮子，穿上小馬褂，像個傻寶寶，被隔籬的小孩取笑他做『白皮……』。」雅婷笑說。

「你這個小不點，看我怎樣教訓你。」業成作勢要打她，雅婷捉住他兩隻毛茸茸的大手將之撐開，還用頭頂著他的胸口，不讓他碰到她的臉，像兒時玩樂，兩人鬧了一會雅婷鬆開手，忽然不高興說：

「誰叫你給喜兒西洋布錢包？不給我？我還不如丫頭？」

業成神祕地笑了一下，從手提袋拿出一個精緻的棕色長夾皮包出來說：

「這個皮夾送給你。」

「好漂亮啊。業成哥小時候留著又長又捲的金髮，可愛得像西洋畫中的小天使，大家都爭著抱他，當他是香餑餑。」

兩人又鬧了一會，跟著並排而立，雅婷剛好到業成的肩膀。

「你們二兄妹感情真好。業成長得像羅馬神話的太陽神阿波羅，雅婷像來自九天的佻皮美麗的小仙女。」

「謝謝你。不過我們不是兄妹，是堂兄妹。」雅婷強調說。

業勤不滿地瞟了她一眼。

業成身材挺拔，金頭髮，髮際中央有一個美人尖，眉毛也是淡金色，墨綠色的眼睛摻著些許黑色，高鼻樑，弓型薄嘴唇，輪廓柔和有著淡淡的華人影子，業勤矮業成半個頭，劍眉朗目，唇紅齒白，挺直鼻樑透出極輕的西洋人風味，顧日凡長得不賴，站在兩個中西美男子旁邊，給比下去，顯得平凡。

「顧大哥，你們在西醫學院唸第幾年級？學些什麼？」

「我跟業成剛完成四年級的課程，包括法醫學、初級外科和解剖學等，現在放暑假，到『雅麗醫院』實習，還有一年畢業。」

「讀大學真好已經放暑假，你們明年可是醫生囉。」

「是醫生學徒，還要在醫院實戰幾年，累積經驗才是正式醫生。你呢？」

「我在庇理羅士女子中學唸書，還有一年畢業。業勤哥，你呢？你不想再唸書嗎？」

「不是啦，香港政府正在籌備『香港大學』，明年成立，爹已拜託何家預留了一個學位給我，到時我會唸法律，現在到店裡幫忙。」

「今天不用上班嗎？」

「爹說我跟洋人商行的規舉，星期天不用上班。」業勤說完後連忙改口說：

「店鋪和商行有大伯，爹和業昌哥坐鎮，不用我閒著礙事。」

「爹只寵你跟雅婕大姊，藕婆婆待你們如心肝寶貝，對我挺兇。」雅婷幽怨說。

「日凡，你不是說要看我們家的建築嗎？」業成換過話題。

「你們去吧，我等喜兒、壽兒拍照。」

「好吧，等會我們看完後到大笪地逛逛，聽說來了許多外江漢子賣武表演雜技，十分精采。」

三名男子離開書齋來到主樓去。

「整座建築物是東西向，有別於中國建築傳統坐北向南？」

「我們的住宅是建於山上，後面是山坡，再上是堅道，根據政府頒布的《山丘地帶居住限制條件》，只淮許西洋外藉人士在香港島的山頂居住，太平山很快發展為高尚住宅區，以堅道為界，華人只能居住在其下，我們也是住在『太平山街』這條街上面，所處的位置是華人能住的極限，這裡地窄山多沒有太多平地，房子也只能以東西走向建築。」

「太陽每天由東向西走，整天受到太陽日照，夏天豈不翳熱？」

「我們站在這裡是進入主樓的玄關，後面是從大門進來的步道，左邊是主樓，右邊圍牆後面是書齋和前花園，穿過玄關是小廣場，晾曬衣物，前面盡頭是廚房和下人的住所，越過主樓大門後有一條東西貫穿的長廊，是通往左右二邊的各個房間，最左和最右是主樓最好的房間，它們有一個露天的內花園，對著大門是一個八角型的小庭園，中間種了一棵桂花樹，當夏天太陽很猛烈時，小庭園的熱氣上升，帶動空氣由左右長廊引到小庭園，將室內的熱氣送到這裡擴散到天空，令主樓降溫。」

「真的是很科學的設計。」

「過了小庭園是大廳，是招待客人的地方，大廳二邊有小廊通到外面的後花園。」

眾人走到後花園，前面一片陡峭的翠綠山坡，山腰略平處有幾間錯落有致的青灰色頂小屋，一道溪流從山上蜿蜒而下，經過小屋旁，流到花園蓄水成池，池邊有一小水榭，小溪向右流去，來到一道小石橋，穿過橋底，去到盡頭有一個一塊青磚高、三塊青磚寬的去水位，旁邊有一個上鎖的小鐵門，有鐵栓橫亙，小門大小僅及一個三、四歲小童穿過。

「好一幅天然圖畫。」

「最左邊是『亦乎軒』，是舉行宴會的地方，對面略高的亭子是『萬象台』，那邊幾株宮粉羊蹄甲，是香港本土植物，每年農曆二月落葉後開花，花狹長粉紅，一夜春風，滿樹繁花，媲美桃花，花期卻有一個月長。」

「是誰想的好主意。」

「是先慈。」

「對不起。」

「沒關係，先慈已死了二十年。」

顧日凡指著『亦乎軒』旁邊那一塊七、八尺高的太湖石說：

「真是異品，玲瓏秀逸，難得其中綴滿奇形怪狀、剔透、大小不一的孔洞。」

「是家父與先慈成親時，特地到江蘇一帶選購，作為新婚禮物送給先慈，據家父說先慈性好新奇和漂亮的玩意。原本放在外面的小庭園，後來家慈去世，家父將它遷移到這裡，時刻接近它。」

「後面的房間是令尊的住處吧。」顧日凡指著十尺高牆後的內庭說。

一棵紅花羊蹄甲樹的枝幹伸出牆頭，粉紅花朵迎風招展。

業勤點一下頭回應。

「這一棟『菡秀水榭』也是叔父興建紀念先叔母。」

三人移步到水榭，水榭是由六條花岡岩柱撐起青灰色瓦頂，跟山上小屋上下呼應，左邊一棵影樹蓋著水榭，喧鬧的橘色花叢像一個媚態的女子將頭枕在左手臂，側臥在書案上，右邊是一棵不高的茶花，鬱綠的樹葉深藏著血紅的花朵，三、四朵枯萎的殘花像結疤的血污咬著傷口不放。

「這一棵茶花據說是先慈親手所種，先慈死後，這一棵茶花也無緣無故死去，花匠將它剪去只餘下一小截主幹，後來經過藕婆婆悉心照顧，又再次長出新芽嫩枝，茁壯成長。」

「這個牌匾『菡秀』是我們搬到這裡時請人題的。」

三人走進水榭，三邊裝置了美人靠和長板木凳，外面小水池擎著一支風華正茂的蓮花，白裡透紅，幾支含苞待放的嫩蕊在祈盼。

「坐在這裡，不時有暗香浮動。」顧日凡很愜意蹺著腳坐在木座上。

「夏日晚上爹有時喜歡在這裡獨酌。」

「伯父真是雅人，獨愛清風明月，蛙叫蟲鳴。咦，這個牌匾『望蝶』有什麼意思？」

「日凡，你從這裡望上山，會看到那幾棟青灰色瓦頂的精緻小屋，叫做『夢蝶館』，跟這水榭遙遙相對，隔溪相望，又配合青磚主樓大屋，是爺爺的居所，在那裡可以看到下面『文武廟』的全貌，遠眺中環和維多利亞海港的景色。」

「華人就是喜歡青色。老爺子好眼光選上了那地方。」

「那裡本來是爹用來讀書的地方，爹最初題它做『夢蝶齋』，爺爺愛它小巧清靜，命爹讓了給他，後來爺爺加建了二、三間小屋供他和太姨娘居住，及神遊蓬萊瀛州之用，後來不知怎樣其他人叫它做『夢蝶館』。」

「叔父被爺爺霸佔了小屋，改在這裡對著書齋看書，我時常聽到他低吟『相看兩不厭，只有夢蝶齋』，跟著就吟詠《錦瑟》，語調唏噓，神情悲傷。」

「令叔父真是性情中人，不過『齋』比『館』好，『館』令人想起茶館、酒館、煙館。」

「說起煙館，鴉片真是累人不淺，香港政府於一九〇四年明令禁煙，可是仍禁之不絕，華人區的『二煙館』附近常嗅到油腥臭味，摧人作嘔。」

「洋人可不是這樣想，要吸食、要墮落是華人，這樣他們就能賺到更多白銀，他們明是禁煙，只是做個樣子給其他國家看，自己可是一個講道德的文明國家，骨子裡卻是偽君子。」

「不認識你的人聽到你說這樣的話會覺得很詭異。看，這條小巧拱橋可真逗趣啊。」

「這條橋原本叫『沁芳橋』，每當落花時節，站在橋上看片片落英隨流水穿過橋底，很有詩意，再經那邊小小的出口處流到外面去，當雨季大水時就會打開旁邊那道小鐵門，疏導泛濫的溪水，那個去水口雅稱『沁芳閘』。後來爺爺霸佔了『夢蝶館』，只有喜兒、壽兒、爺爺和太姨娘的朋友才能走過橋到爺爺山上的居所，日換星移下人都叫它做『不許過橋』，它像是爺爺設下的結界。」

「啊。真是可惜。」顧日凡望門興嘆。

第三章

三人回到前花園，雅婷正在指揮喜兒和壽兒收起照相機等雜物，忽然有一小丫頭匆匆跑進來通報：

「壽兒姊，門房朱伯通傳有一位湯老爺要見老太爺，說是預先約定。」

「知道了。」

壽兒向雅婷請假說要接待湯老爺，領他到山上去，雅婷叫住小丫頭幫喜兒將物件放回她的房間，之後與業成等人出發到大笪地去，來到通往大門的步道，遇見壽兒與一個雙頰凹陷，臉銘煙色的猥瑣中年男子走進來，男子慎重地握著一個精緻的木箱，見到他們微笑頷首作招呼，待男子遠去，雅婷憤怒說：

「又是這個無恥的掮客，專向爺爺兜售那些齷齪邋遢的鴉片。」

業成與業勤無言以對。

「鴉片確實充滿油腥臭味，為了癖腥除臭，頂級的鴉片加入了麝香、沉香或龍涎香等罕有香料，吸食時異香彌漫，更容易令人上癮，最初二、三回吸食普通的鴉片煙滿口油腥，習慣後會陶醉在難以自拔的狂喜境界，沉溺於海市蜃樓，男女歡愉相交，這是初步中毒的現象，最後如居神仙之地，寤寐難分，見山不是山，見水不是水，男女交媾的樂趣也不能及，感受無法言喻的幸福感，就已經到了萬劫不復，無可挽回的地步。」

「聽起來很可怕耶。」

「是啊。頹廢糜爛的浪漫主義。」

眾人走出大門，業勤突然大聲喝道：

「你兩個小鬼頭，躲在我家的石獅子後面幹啥？」

接著走到石獅子想將縫裡兩個小孩揪出來，雅婷走過去看，見一男一女、衣衫襤褸瘦弱的小孩十分驚恐，面有菜色，心中不忍攔住業勤，取出兩顆糖果給他們，兩人搶過來剝掉包裹紙，忙不迭送進口裡，雅婷柔聲問：

「你們叫什麼名字？」

「我叫阿牛，她叫阿寶。」少年粗聲粗氣回答。

「你們幾歲啊？」

「我今年十二歲，她十歲。」

「你們為什麼還不回家？是否在玩捉迷藏？」

「不是，大姐姐，我們來找阿金。」

「姐姐，我們從好遠好遠的鄉下到來，如果找不到……。」清秀的小女孩快要出哭來說。

「阿金是誰？」

「阿金是我們的大姊。」

「為什麼來到這裡找啊？」

「是一個戴著尖頂圓邊帽、綠衣短褲的大哥哥教我們到這裡來。」小女孩小聲說，跟著從懷裡掏出一個信封遞給雅婷，雅婷看了上面工整的字體對業成說：

「業成哥，是你的字，方正整齊，像印刷一樣。」

業成走過來看，兩個小孩看見他嚇得縮作一團。

「這是我替喜兒寫信到她鄉下的，我看這兩個小孩是她的弟妹。」

業成轉身叫朱伯通知喜兒，喜兒見到他們悲喜交集，涕淚漣漣，之後千多萬謝各主子，領著弟妹進屋，雅婷吩咐給他們東西吃。

「雅婷妹子真好心腸。」

「我看他們沒爹沒娘的樣子，怪可憐。」

「不是啦，你還有妍玥姑媽和雅婕大姊疼你。」業成沒頭沒腦說。

雅婷瞅了他一眼說：

「雅婕大姊篤信耶教，對誰都好，樸實無華，不愛脂粉，贏得眾人稱讚。」

幾人沿著溪邊下了樓梯走到太平山街，顧日凡舉目四望說：

「這裡自從十幾年前發生鼠疫，拆卸全部民房，建了許多廟宇，看，這裡有一間福德宮，前面不遠處有一座觀音堂。」

「後面那片空地改建成『卜公花園』，是我們小時候的遊樂場。」

「華人燒香拜神，求的是一個希望，求豐衣足食，生活安穩，接著滿腦子想生兒育女這碼子的事情，一代傳一代。」

「比起日本人追求完美、精益求精的精神，華人是一種小農文化。」

「為什有許多人圍在觀音堂？今天是否觀音開庫？」雅婷問，似乎回復了好心情。

「不是啊，聽藕婆婆說觀音開庫是在正月二十六日。」

「又是藕婆婆。顧大哥，觀音開庫是什麼意思？」

「那是以訛傳訛，指向觀音娘娘誠心禱求，問祂借錢，就能得到祂的庇佑，心想事成，不過無論目的是否達到，到下一年開庫時先要還庫才能再借。」

「既然你說是假的，那麼觀音開庫的意思是什麼？」

「真正的意思是觀音大士向民眾借錢。話說泉州有大河名洛陽江，水流湍急，波濤洶湧，人們只能靠舟艇渡河，每遇大風潮漲，常常發生翻船入江，人命傷亡，地方官員曾興修橋之舉，可是當卸下石塊作基石，總被急流沖去，始終未能穩然安妥橋墩。一日，來了一只瓜皮小舟，舟上有一美女及青衣小婢，那一葉小舟在浪濤裡起伏浮沉，未受風浪影響始終停留在同一位置，各人嘖嘖稱奇，小婢向岸上民眾說『只要將銅錢摜上小舟，我家小姐將嫁與為妻。』這消息轟動了泉州，人們都跑到江邊碰運氣，可是明明瞄得準，銅錢卻會不偏不倚掉在小舟旁跌進水裡，第二天小舟移前一點，再一天又划到對岸，眾人熱衷擲錢，卻未有人中魁，如是者過了大半個月，一天群眾圍在江邊，其中有一青年對女子看得著迷，將身上僅有的碎銀對著女子擲去，銀子跌落江中，但是一陣怪風卻將銀粉吹向女子，沾上了她的頭髮，女子大吃一驚翻動衣袖，倏然一個比人還高的大浪掩至，波平以後，小舟與兩個女子不見了。日後工程再次開展，這次卸下的石塊未被沖走，究其原因，是在那大半個月內，人們將銅錢攢進江裡，掗入江中的孔縫石隙，打下了基礎，橋墩順利安妥，洛陽橋也建成了。」

「那又關觀音借庫什麼事？」

「小舟上的美女是觀音娘娘化身，小婢是東海龍女，祂此舉是向民眾借錢打下洛陽橋建橋的基石，故稱之為觀音借庫。」

「你瞎編的故事很遜耶。還有，後來那個青年怎樣？說到底是他將銀粉攢中觀音大士的頭髮嘛。」

「剛剛你才瞎抓我的故事很遜啊。」

「你就是喜歡扯人後腿，你愛說就說。」

「那銀粉是呂洞賓對觀音娘娘開了一個玩笑，他吹了一口氣將銀粉黏在祂的頭髮上。青年怎樣？那是另一個故事，不關觀音借庫的事啊。」

「你好討厭。業成哥，你的朋友欺負我。」雅婷牽著業成的手撒嬌說。

業成握著她的手，對著她笑而不語。

「哎呀，為什麼我們不知不覺走下石樓梯，前面是『百姓廟』，正式名稱叫『廣福義祠』，早前有個受了重傷的打石工人在晚上偷偷爬進去，幾天後發出陣陣惡臭，才發現他客死異鄉。」雅婷怪叫道。

「東華醫院開了以後，還發生這樣的事情。」

「廣東人相信『有主歸主，無主歸廟。』死後也要有個歸宿。聽說每晚四更初開，廟祝會在廟門大喊『返來囉、返來囉』。」

「業成哥，真的假的？」

「你聽他瞎掰。」

幾人右轉到磅巷，走幾步左轉到荷李活道向前走，不一會來到大笪地[1]，入口處有一間二層樓的「望海茶居」，他們走上二樓，侍者看見業成旋即打躬作揖帶他們到一個雅致的包廂，各人點過點心後從向北的窗子看遠方風景，大笪地位於一個小山丘上，鄰近山下就是英國人在一八四二年登陸佔領香港的水坑口，現已移山填海為文咸西街，面積遠至西營盤海邊的三角碼頭，只見電車、黃包車穿梭，偶然有一、二輛新穎汽車開動，海邊沿岸建了一排三層樓的貨倉，眾多木帆船向著岸列隊擠在一起，工人扛著重物在搭著船頭和岸邊的懸空木板上來回走動，忙碌地裝卸貨物，另一邊的碼頭停泊著一艘孖車[2]省港客輪，海中心停泊了一

1 粵語的「一大塊空地」，在香港多指夜市。
2 船邊有兩個大轉輪推動前進的船隻。

艘郵輪，幾隻三根桅桿的大船，不少中式帆船遊弋，西部海港風光盡入眼簾。

眾人觀看了一會，移到西面的窗邊，一大片空地圍著一圈圈的觀眾，四周有賣吃的、用的和給人看相等小攤子，人圈內有江湖藝人唱戲、賣藥、相聲、魔術，在他們下面那一圈有幾個男女玩雜技，他們玩丟擲瓶、球、帽子，竹枝轉碟，空中手旋蓋頭後，抬出了一個只有二尺見方的木箱放在一張木枱上，一名楚楚動人的纖巧少女擺了一個台型，沿著人群走了一圈戲曲碎步後，來到木枱旁優雅地換了幾個姿勢，兩個男子扶她上木枱，跟著她踏進木箱，上半身睡在木箱裡，下半身挺在半空，雙腿舞動了幾下後向前彎，慢慢地將臀部挪入木箱，又將雙腿收進木箱裡直至整個人藏在那小小木箱裡，兩個男子拿出一塊木板將木箱蓋上，過了一會男子拿開木板，女子伸出雙腳，噗通地從木箱跳出來，再敏捷地跳上一條預先架好的軟索，很快從頭走到尾，翻了一個跟斗跳到地上來，大家掌聲雷動，其他幾名表演男女趁勢拿著銅鑼向觀眾討賞錢，顧日凡等人紛紛將賞錢拋到圈中，雅婷指著人群忽然說：

「那一個不就是雅婕大姊的教友招敬斌嗎？」

大家順著雅婷手指方向，看到那個表演柔骨功、走軟索的少女跟一個眉清目秀的男生對面相看。

「從他們的表情看，似乎相識。」

「他們眉目傳情，表現很含蓄。這位招先生幹什麼行業？」

「顧大哥唸過心理課？聽雅婕大姊說他在西洋教會工作。咦，那邊還看到太姨娘。」

「不要看啦，點心來了。」

招敬斌目送女子捧著銅鑼離開，眼睛隨她轉，忽然看到一個四十歲左右，身穿元寶領、孔雀藍衣裳的徐娘和一個年輕女子，女子穿著一條米黃色西洋裙，輕佻地將一頂黑色寬緣、綴著杏黃蝴蝶結的帽子斜戴，遮了半邊臉，卻露出了一抹雪白酥胸。他目不轉瞬，女子發覺了，眉頭略皺微嗔一下，飄了他一眼，拖著婦人轉身就走，步履婀娜多姿，口角含春，招敬斌不徐不疾跟著，那賣武女子看著他亦步亦趨跟著那年輕貌美的女子，眉心打結。

第四章

人群散去，茶居打烊，江湖賣藝人也收拾生財工具回去休息，喧鬧退盡，月冷星寒，招敬斌站在樟樹下，滿懷心事看著半空的橢圓月亮，有人從後面抱著他的腰，輕輕將臉貼著他的背幽幽地說：

「敬哥。」

「你來了，蘭英。」

招敬斌轉身將蘭英抱入懷溫柔地說：

「有沒有想我？」

「想，想又有什麼用？」

「你義父有什麼表示？」招敬斌嘆一口氣問。

「這幾天他帶著我去見人，那些男人很猥瑣斜視我，女人對我評頭論足。」

「那些是老鴇。」

「明天還要拉我去見其他人，好像是個男人，他們說是個南北行的大老闆。」

「唉。」

蘭英忽然緊摟著他狂吻，呢喃說：

「我給了你算。」

「不行。」

「你是教徒聖人，不會婚前犯禁。」

「不要任性，我是為你好。」

「你要不要我，結果還不是一樣。」

蘭英嚶嚶低泣說。

「蘭英，事到如今，為了我們的將來，我們逃到廣州去？你跟不跟我走？」

蘭英抬起頭看他，明亮的眼睛閃著神采，猛力地點頭。

「三天後午夜有省港客輪航班到廣州，我先購票，晚上一更時份大約九點我在這裡等你，記著不要帶任何行李，就像你平時替他們買宵夜一樣就行了。」

蘭英喜極而泣說：

「敬哥，我好高興能夠脫離他們的魔掌。可是，我們到了廣州怎辦？」

「我在廣州教會認識一個西洋神父，他為人古道熱腸，一定會幫助我們，我計畫逃到新加坡，你義父就不能夠找到我們。我們在新加坡開創我們自己的天地，可是前途未卜，前路茫茫，你怕不怕？」

「只要和你在一起，我什麼地方也敢去。」

兩人牽著手走向雀仔橋高陞戲院方向，月不再冷，星也不再寒。

三天後，時近黃昏，雅婷挽著雅婕的臂彎回家，遠遠看見太姨娘和她的姐妹愛銀快到家門，又瞥見街口有個男子看著她們。

「嗳，又是那個男子，他在盯著我唷。」愛銀噘一噘嘴說。

「你戴著有面紗的帽子他怎看得清楚你，盯看我才是。你認識他？」

「你這老太婆，怎會看你。我戴這頂帽子才顯得我風情萬種，還有，我認識好多人啊。」愛銀不置可否說。

「我看他也不是什麼好貨色，前幾天才跟著我們，現在又在這裡盯梢。」

「你瞧他一表人才，不知道有沒有錢呢？」

「你這個騷貨發情啦，省點力氣吧，等一會對老頭子加把勁灌迷湯，摳多點錢，好過貼錢對著窮小子發騷。」

「哎呀，對著你那個變態、醜八怪、老煙槍的色鬼，我也要透透氣呢。」

「看著白花花的銀子份上，低聲下氣，就當跪地餵母豬。」

「人家姐兒愛俏嘛。」

「你這條母狗的騷勁，真受不了你。」

「臭三八，不要同類相殘嘛。」

「騷貨，快點扣回上衣的紐扣，免得下人指指點點，瞎扯你到處勾三搭四。」

「知道啦，死鬼。」

兩人嘻笑打罵走進府第。

雅婕和雅婷走近那男子，雅婕問：

「敬斌兄弟，在這裡見到你很意外。」

「雅婕姊妹，鍾斯神父託我交一本舊版聖經給你。」

「呀，我記起了，那是幾個星期前我跟神父說過的事情。」

「我曾經到過你在西摩道的家，你的僕人說你去探姑媽，跟著回娘家，我才冒昧在這裡等你。」

「謝謝你。要不要進來喝杯茶。」雅婕接過聖經說。

「謝謝，不要了，我還要趕緊回去覆命，再見。」

「招大哥，前幾天在大笪地看見你，還有你的心上人。」

「是嘛，再見。」招敬斌努力擠出一個笑容說。

雅婕姊妹進入屋，走到書齋，嫣紅太姨娘閃出來拉著雅婕低聲說話，雅婷很乖巧說要去找她的爹鶴齡，一溜煙跑到主樓去。

雅婷跑到他爹房前，敲了二下門，沒有反應，順手推房門，發覺沒有鎖上，推門進入小客廳高叫：

「爹，爹，你在不在。」

見沒有人便走到內庭花園，忽然聽到睡房的門打開，鶴齡走了出來，雅婷訝異地看著他，他的長衫對錯了鈕扣，臉上有一個淺紅色的印痕，神情有點懊惱，過了半晌藕婆婆走出來，更是詭譎，烏黑的頭髮淩亂地散在肩上，臉上米白色的皮膚越發鬆弛、眼角深刻的皺紋不住地彈動，兇悍的灰色眼眸，宛如夜叉，巫婆瞪著她說：

「你這個臭丫頭一點禮貌也不懂，為什麼進來不敲門？」

「我有呀，沒有人應門我才進來，我不知道你們一起在睡房裡。」

「你說夠沒有，你這個有爺生無娘教的野種。」

藕婆婆說完後怒氣沖沖走到雅婷跟前，舉手就狠狠摑了雅婷一巴掌，雅婷不料有此一著，被打得天花亂墜。

「你是我家什麼人，你不是我娘，又不是我長輩，你只不過是個管家僕人，怎何僭越地位辱罵我、動手打我？」雅婷摀著發紅的臉龐哭說。

「我是僕人？我是管家？你這個野種才沒有福份被我管。我在這個家，要打你就隨時能夠打你。」

「你不要在伍家恃寵生驕，狐假虎威，作威作福侮辱我，我叫爺爺趕你回何家。」

「你爺爺也要讓我三分，有本事就向他告狀，看他會不會包庇你？」

「爹！」

「你這個賤貨，我叫你爹隨隨便便找個男人把你嫁掉，讓你嘗嘗我的手段。」接著伸手就要打她。

「夠了，不要再嚇唬她了，她只是個孩子。」鶴齡捉住藕婆婆的手沉聲說。

「她是孩子？我像她的年紀已經嫁給了……。」

「不要再說了，再說下去別人當你是怪物。」

「你見她長得像那個人，時常護著她。」藕婆婆厲聲叫道。

「爹，你從小就對我沒好過。」

「你還敢頂嘴。」藕婆婆說完，反手就甩過去。

雅婷有了防範，跳開躲過。

「哇，爹你從不當我是你的女兒，你從沒有關心我，我再也不要見到你們。」

雅婷嚎啕哭著跑了出家門，雅婕叫她也不應，門房朱伯看見自言自語說：

「一個太姨娘跑出去說去看戲，兩個雅婷小姐跑了出去也不交帶去那裡。」

雅婕留在書齋迄自納悶，看見藕婆婆穿戴整齊，提著皮篋，猶是滿臉怒容，一副怒氣難消的樣子，雅婕捉住她拉她走進前花園，強按她坐在石凳，她白皙柔軟的手，塗上紅色丹蔻，雅婕一貫不慌不忙說：

「藕……媽媽，發生了什麼事情？」

「是那個臭丫頭。」

「又是那個不懂事的丫頭惹你生氣啊？她們年紀小，要慢慢調教。」

「你心裡明白不要裝傻，你知我指那一個。」

「我也不明白，你連雅婷的名字也不肯提，你跟她本來是陌生人，為什麼你總是對她嘔氣？從小到大你對她極度冷淡，甚至漠視她當她不存在，為什麼恨她？藕媽媽，神愛世人，我們也要愛世人，至少也要學習愛自己身邊的人。」雅婕說得含蓄。

「你不要長篇大論說耶教，我也是何家的人，那是前世的冤業。」

「雅婷也是爹的女兒，你不看僧臉也看佛臉。」

「哼！哈！啊！她……。還有，你信主，不要將僧啊、佛啊掛在口邊，滿天神佛，主不會原諒你。」藕婆婆鬧彆扭地說。

「不要賭氣啦。」

「我才不跟你胡扯，我回家住幾天。」

「替我問候外祖父、外祖母。」

藕婆婆不理睬她，雅婕憐惜地看著她高大的背影步履穩健，動作俐落走出去。

雅婷一口氣跑出去，哭著跑往鴨巴甸街，經過庇理羅士女子中學，右轉吃力地跑上陡峭的坡道，到了堅道已經氣喘如牛，來到一座西式洋房小鐵門前，跑上幾級樓梯到了小露台，粗暴地拉下天使裝飾的門鈴後，放聲大哭，一個下女開門，詫異地看著她，一個端麗的中年唐裝女子從後出來看見，立刻把她拉進客廳裡，雅婷抱著女子哭說：

「妍玥姑媽，藕婆婆動手打我。」

接著訴說經過，妍玥姑媽看著她俏目迷濛，嫵媚動人的樣子，像極一個人，她邊聽邊皺眉，雅婷傾訴後忽然問：

「那個藕巫婆是何家什麼人？為什麼會到我們家來？」

「是何家老夫人特別延聘她到伍家照顧及教導你大姊和二哥的學業，我們也要賣個面子給何家嘛。據何老夫人說藕媽媽在何家輩分極高，精通中、英、葡三語，學問極好，角色像個管家和家庭教師。」

「她什麼時候到來？」

「她是你爹的元配妻子死後到來的。」

「大娘叫什麼名字？她為什麼會死去？」

「她叫何傲菡，難產而死。」

「難產？」

「女人生孩子就像一縷生魂在陽界和鬼門關徘徊，她生下你業勤二哥後死去的。」

「大娘長得怎樣？性情如何？」

「她是中葡混血兒，身材高挑健美，灰藍色眼睛如你雅婕大姊，她自負美貌，最引以為傲是她那吹彈得破、嫩白肌膚，手指纖巧，她愛塗上紅色丹蔻，活色生香，豔麗如阿修羅，可是她嬌縱性烈也如阿修羅，稍不如她意即出言不遜，對你祖父也不例外。」

「為什麼會這樣？」

「我們伍家是靠她豐厚的嫁妝才能開店做生意，還有何家的家勢和社會人脈關係著實幫忙不少，伍家才能發跡起家。她生前極愛你爹，只對他一人溫柔熨貼，千依百順。」

「可是，雅婕大姊結了婚，業勤二哥也快要進大學唸書，為什麼她還賴在我家不走？」

「小孩子不要理大人的事情。」

「你們儘是當我是小孩子，我已經到了結婚的年齡。」雅婷鼓著腮說。

「你在這裡待幾天才回去。」

「我不要回去，我不要見到藕巫婆。」

「不要孩子氣啦，你不想見你爹嗎？」妍玥笑說。

「想啊，可是我也不知道為什麼爹有時對我很好？好時對我很兇？尤其是這一、二年，看我的時候也是怪怪的，看得我不好意思。」

「他是個嚴父，不習慣表露感情。」

「才不是，他對雅婕大姐總是和顏悅色。」

「你吃過飯沒有？」

雅婷搖頭。

「愛吃什麼？」

「清蒸石斑、白斬雞、炒菜芯。」

「真的敗給你，受了委屈還這樣好胃口。你上樓到客房睡一回，晚飯好了再叫你。」

「姑媽，我怕爺爺記掛我。」

「爺爺只疼你一個，等會我叫人給他捎話。」

妍玥的房子在坡道頂，是一棟三層樓房，位置屬華人區，大門卻開在堅道，二樓與堅道平行，過了玄關，左邊的房間是飯廳，右邊是客廳，中西合璧的裝潢，還安裝了電燈，樓房十分明亮，三樓是四間睡房，一樓是廚房、僕人房間及雜物房等，外面是內庭小花園，種了一棵蓮霧樹，土壤氣候都不對，只結著澀青小鐘形的果實、繽紛盛放的玫瑰花和適時花草，角落有一座西洋涼亭。夫婿林氏是洋行買辦代理，作風洋派，經常應酬、出差在外跑業務，大兒子十九歲，在上海唸大學，小兒子剛進中學。

第五章

招敬斌在樟樹下等候，他拿出袋錶來看，快要九點了，聽到女子疊聲叫他，一個苗條的身影跑向他，忽地有一個男子從後抱著她，招敬斌跑上前迎救，蘭英高叫：

「敬哥，快點跑，是他們。」

男子掩著她的口拽她回去，幾個男子迎著招敬斌，一個魁梧的男子見他就打，跟著眾人對他拳打腳踢，他倒了地仍不放鬆，忽然有人驚叫：

「火燭[1]呀，火燭呀，來人呀，快來救火。」

那幾人愣住，立即撤退，臨走前撂下狠話說：

「臭小子，竟敢動我們的搖錢樹，給我們見到你再打你，看你要不要命。」

招敬斌躺在地上起不了身，他根本不想起身，什麼希望也沒有了，有什麼事情比失去最心愛的人更痛苦，我寧願現在就死去。一隻軟滑的手撫摸他腫脹的面頰，招敬斌瞥了一眼說：

「放開你的手，你不要我，還來幹嘛。」

[1] 即火警。

說完後雙手撐地勉力站起來，女子想要扶著他也給他摔掉，步履蹣跚走出大笪地去，女子漠然看著他離去。

第二天下午業成出門，門外正在燃放炮竹，他爹爹松齡興高采烈走進來，後面跟著幾個男子押著一個穿紅衣戴紅蓋頭女子，業成看了一眼，女子滿臉淚痕，覺得女子很眼熟，接著有人高喊：

「恭賀松齡老爺納妾之喜，討賞錢。」

伍家上上下下的人都跑出來哄熱鬧，伍松齡派紅包派得不亦樂乎，業成趕著去接雅婷放學也無心理會。

業成和雅婷牽著手散步回去姑媽的住宅，說說笑笑不覺坡道陡峭難行，來到門前是妍玥姑媽開門給他們，她瞟了他們一眼，眉頭略皺，兩人仍陶醉在二人世界，走到內庭涼亭談心。

「業成哥，為什麼你昨天不來看我？」

「昨天我跟日凡到雅麗醫院實習解剖屍體，很晚回家，今天早上才知道你到了姑媽家。你為了什麼事情離家出走？我問其他人也不知道。」

雅婷告訴他事發經過。

「她幹嘛動手打你？」

「我怎知道？她一向就是沒來由憎恨我。」

「當時他們兩人一起在睡房嗎？」

「是啊，藕巫婆都七十多歲老太婆囉，也沒有關係啦。」

「說得也是。」業成順著她的語氣說。

「業成哥，你小時候藕巫婆對你怎樣？」

「她來的時候，二叔母剛死，業勤仍在襁褓，我三歲，雅婕大姊五歲，沒有什麼印象，漸長大後，我感覺她對業勤和雅婕慈愛有加，常抱著業勤寸步不離待在她的房間，不知幹啥？雅婕大姊非常黏她，當她是媽媽一樣，對我不過爾爾，唔，不太親熱也不太冷淡，比我爹對我好。」

「她從沒有哄過我、抱過我，自我懂事起她見到我，會露出十分厭惡的表情，一副晚娘面孔，我想從我出生開始她就憎恨我。」

「我也見過她瞪著你的樣子，那種憎恨發自內心，就像我爹小時候看見我一樣，我覺得你好可憐。」

「我們是同病相憐。」

「雅婕大姊和業勤上學後，她對他們的學業很緊張，經常檢查他們的功課有沒有偷懶，不是說她是伍家的私人教師嗎？她卻從沒督促過我，有時我很羡慕業勤和雅婕，他們跟我們一樣沒有母親，卻有一個藕婆婆代替親媽媽愛惜他們。」

「是啊，有娘親叫喚真幸福。我倆在精神上都是無父無母的孤兒，從小到大只得我們自己兩個，互相扶持長大。」雅婷熱淚盈眶說。

薰風染香，醉人耽溺，業成看著雅婷嫵媚的眼神，意亂情迷，捧著她的臉凝望，吻上她的唇。

妍玥在樓上看見了這一幕，深深地倒抽一口氣，不動聲色將一個硬幣擲在涼亭上，業成和雅婷被突如其來的聲音嚇了一大跳，才驚覺剛剛做了逾越禮教的事情，雅婷脹紅了臉，有點不知所措，業成看見更覺嬌美，這時下女來說妍玥姑媽有事找他，業成匆匆離去，來到樓梯時又回首深情地看了雅婷一眼。

雅婷獨自留在涼亭回味那一吻，軟糯的雙唇，墨綠色的眼睛，微微扎痛粉臉的鬢根，還有強壯身體傳過的熱氣，令人天旋地轉，天長地久的感覺，這樣想著想著，忽然驚覺夜幕低垂，山上的住宅也亮起燈來。

雅婷走上二樓，找不到業成，下女卻來找她，問下女說：

「業成少爺在那裡？」

「走了。」

「什麼時候走？」

「他五點鐘走的，已經走了一個多小時。」

「夫人找了業成少爺有什麼事情？」

「夫人請他到客廳去。」

「後來呢？」

「他們關上門說體己話。」

「再後來呢？」

「過了半個鐘，業成少爺走了。」

「他沒找我嗎？」

「沒有啊，他走的時候表情很傷心沮喪，非常心灰意冷的感覺。」

「哦。」雅婷轉身上樓梯到三樓房間。

「雅婷小姐，夫人叫你吃晚飯。」

「我不餓。」雅婷繼續上樓。

第六章

業成踉踉蹌蹌跑到位於荷李活道的「雅麗醫院」附近一間酒吧，英國人將域多利皇后街作區域分界，以西是華人區，以東是洋人區，洋人區的城市規劃，衛生條件都比較優勝，華人區像一個雜亂無章、喧鬧擠迫的龐大唐人街，二者天壤之別。

酒吧是一個英國人開的，他將家鄉酒吧傳統的風格搬了過來，笨重的收銀機、古老的橡木家具、華麗的裝潢、柔和的光線。幾個穿著時髦、梳著帥帥西裝頭的八字鬍外國男子吞雲吐霧吸食雪卡菸、啜飲著威士忌低聲說話，吧枱的調酒師專心工作，有時莊重又得體地回應客人的說話，跟客人沒有太多肢體的互動，氛圍安靜閒逸，業成挑了一個暗角座位，點了二杯沒有兌蘇打水的威士忌，拿起一杯一口氣喝下去，辛辣的味道嗆了喉嚨，咳了出來。

「發生了什麼事情？令大帥哥借酒消愁？長嗟短嘆？」

業成無奈地看著不知何時坐在旁邊的顧日凡，又舉起另一杯喝下去，顧日凡翹起二郎腳似笑非笑調侃說：

「你在黯然銷魂。」

「我剛才被姑媽教訓了一頓。」業成紅著臉說。

「唔……。」顧日凡想了一會說：

「不會是為你的學業前途，我想跟雅婷妹子有關。」

「你怎樣猜得到？」

「我是從你們前幾天的行為推斷出來，你們感情匪淺，雅婷妹子向你撒嬌，你給她買貴重禮物，那種微妙光景已經超過了兄妹手足之情，我問你們是否親兄妹？雅婷鄭重的說你們只是堂兄妹，業勤瞪了她一眼示警，業勤也看得出你們的舉止不尋常，你們不知不覺產生了男女之間傾慕的曼妙情愫。」

「我們在花園接吻，給姑媽看見了。」

「啊——難怪。你們為什麼會接吻？」

「你真愛尋根究底。」

顧口凡咧嘴一笑鼓勵他。

伍業成從雅婷如何被打、何傲菡、藕媽媽、兩人在花園互訴身世的事情也鉅細靡遺告訴顧日凡。

「鶴齡伯父衣衫不整，藕媽媽釵橫鬢亂從睡房跑出來，可堪玩味。」

「你滿腦子壞思想，藕媽媽已經七十多歲，是我們的長輩，說得誇張點可以當得上叔父的祖母，他們在房間只是商量家中的事情。」

「也不用出手打雅婷，那才是耐人尋味的地方。」

「剛才我不是說過藕媽媽從小就看雅婷不順眼，雅婷無禮闖入叔父的臥室惹惱了藕媽媽，新仇舊恨，是雅婷被打的導火線。」

「惹惱了？新仇舊恨？真是兩個非常有意思的形容詞。好了，我們回到你的事情吧，你姑媽說了些什麼？」

「姑媽嚴厲地對我說，我跟雅婷縱不是親兄妹，也是同一個祖宗生的，血緣親密，我們絕對不可能成親，要是姑媽發覺我們藕斷絲連，再有苟且行為，會立刻告訴二叔父，將雅婷許配給人。」

「我聽了這番說話有如情天霹靂，一切希望也沒有，以前我假裝沒有這一回事，自己騙自己，與雅婷從小相濡以沫，互相繾綣，現在想到雅婷隨時從我手中溜走，心裡很苦。」

「有一個問題？」

「什麼問題？」

「你有沒想過你根本不是伍家的子孫？」

「你說什麼蠢話，我是在家中出世的，家裡的人都知道。」

「你是你娘親的兒子，未必是你爹爹的兒子。」

「你再侮辱我媽媽，我跟你絕交。我媽媽是讀聖賢書的秀才女兒，自小家學薰陶，知書識禮，貞嫻淑德，絕不會做出傷風敗德的事情。」

「冷靜點，你想一下，為什麼你完全是一個外國人模樣，不像伍家其他家人，陌生人看見你，絕不會聯想到你是伍家的人。」

「爺爺說我家族有北方外族人血統，我是隔代遺傳，你看雅婕大姊也像半個西洋人。」

「你是隔了許多個世代嘛，雅婕大姊的娘是中葡混血兒，她貌似洋婆子合情合理，你祖上三代都是華人，怎麼解說也不會生出一個金頭髮、綠眼睛的外國人兒子。」

「你在懷疑什麼？」

「你是讀醫科的，你想想看有什麼方法能證明，你跟你爹是否存在親子關係？」

「你說最新的血細胞血型檢測。」

「終於證明你的愛情病好了一點。血細胞血型檢測是你唯一的希望，上次你做測試時你的血型是AB型，只要證明……」

「知道了。」業成皺起眉頭說。

「你已經打開了潘多拉的盒子，邪惡、疾病和死亡跑了出來，盒子裡只賸下希望，不去證實連希望也沒有。」

「日凡，我好害怕真相。」

「知道真相後，你會失去雅婷？還是失去親人？抉擇就在你手裡。」

業成表情苦澀想著，顧日凡看著他痛心的模樣也蠻帥氣，他沉吟了好一會說：

「日凡，我決定賭這一局。」

「可是如何取得你爹的血液做測試？」

「今天是爹納妾的日子，在酒樓宴請他的豬朋狗友，爹是逢飲必醉，等他飲宴回來，待午夜我偷偷潛入他的臥室抽取他的血液。」

「那麼我們回醫院取針筒及預準血清，午夜後我在實驗室等你，你取得血液，要儘快跑來醫院。」

「曉得了。」

業成拿起杯子要喝掉賸餘的威士忌。

「不要喝啦，早點回家休息養足精神，為你跟雅婷的幸福奮鬥。」

業成回到家裡已經過了一更，躺在床上休息，心中亢奮怎樣也睡不著，踮著腳走到隔壁松齡的房間，從縫隙窺看，前面是小客廳，牆上的電燈滲著桔黃色的光線，後面是睡房，房門半開，裡面貼牆放著一張黑酸枝木大床，罩著蚊帳，看清楚一下，床上仰臥著一個紅衣女子，嘴巴給綁著發不了聲，雙手綁在床靠上動不得，業成聽到後面窸窸窣窣，連忙躲回自己的房間。

業成在床上輾轉反側，二更剛響起聽到人聲鼎沸，松齡興奮地吆喝、小廝們必恭必敬地回話、開門關門、人們來回走動，忙亂了好一會，大宅漸漸回復平靜，業成心如蟻咬，癢得難熬，躺著等待時間一分一秒過去，外面的蟲鳴聲擾人心神，只覺度日如年，最後聽到打響了三更的敲竹聲，業成躡手躡腳走到隔壁，想用刀子一分一分撬開門栓，木門意外地一推即開，松齡打著刺耳的鼻鼾聲熟睡，業成溜到床邊抓著他的左手，順著手臂來到連接骰位，摸著他突起靜脈將針頭刺進去，松齡動了一下，業成輕力抽動活塞，成功了，連忙將針筒用布包起來，回頭瞥了大床一眼，只得松齡一人。

業成跑到業勤的房間將他推醒，說忘記要到醫院做實驗，要立即回去補救，兩人走到大門抬下門閂讓業成出去，業勤一個人扛不上沉重的橫木門閂，失手將門閂跌在地上，砰嘭聲弄醒門房朱伯，朱伯起來幫忙。業勤回房時，看見松齡房間亮著燈，躺著時聽了松齡的房間有人竊竊私語，矇矓間感到有人走到後花園，之後靜下來，業勤太累沒有理會很快入睡。

業成在黑夜中奔跑，左轉跑下鴨巴甸街，右轉荷李活道，跑到雅麗醫院時筋疲力盡，幸好門房認得他讓他進去，業成調勻了氣息後三步弁作二步跑上樓梯到三樓的實驗室，推開門見顧日凡仍是西裝畢挺，外罩白袍悠閒地喝著咖啡。

「你來了。」

顧日凡取出一塊狹長的玻璃片，在兩端各滴上一滴液體，業成遞給他針筒，顧輕力推著活塞在液體各滴上一滴血液，將其餘的血液注入另一小瓶放入冰櫃。業成也給自己倒了一杯咖啡，無所事事看著牆上掛鐘的鐘擺左右搖動，約五分鐘後兩人緊張地看著那二團血液混合物，業成看見二堆混合物都不凝聚，高興得抱著顧日凡狂吻他的臉，顧用力推開他，拿出手帕抹清臉上的口涎冷冷地說：

「你真的是AB型人。恭喜你，你已經失去了你全部親人了。」

「先前二滴液體分別是A型和B型血清，血清裡含有抗凝集素，血液中含有凝集原，A

型血液含A凝集原，如此類推，O型血則不含A或B凝集原。A型血清使B型血液凝聚，包括B及AB血型，反之B型血清使A型血液凝聚，現在二邊的血清都不凝聚，即測試的血液不含A凝集原或B凝集原。」

「那麼松齡伯父是O型血液人，證實了松齡伯父並不是你的親生父親，你跟伍家並沒有血緣關係，可是……。」

顧日凡凝思，還有其他可能性，要是業成的母親跟伍家……。

「嗯，你在想什麼？」

「我在想你要不要告訴妍玥姑媽？」

「我會告訴雅婷，或者是雅婕大姊，未到最後關頭我不會告訴姑媽。」

「那麼你是誰的兒子？」

「我也好想知道。」

「那是你下一個課題。」

「現在我找不到任何理由繼續留在伍家，又如何報答他們養育之恩？」

「不要辜負雅婷，一生一世對她好。」

第七章

放學後雅婷跟幾個同學閒晃，幾個女生吱吱喳喳地討論，其中一人說：

「你們有沒有看新聞紙？報導指這裡附近出現了色魔。」

「他非禮了什麼人？」

「不就是我們這些年輕貌美的女生囉。」

「那麼我們不是很危險嗎？」

「那個色魔是什麼人？他怎樣蠱惑受害人？警察抓到人沒有？」

「報紙寫是一個年輕的外國人，說迷了路跟受害人搭訕，引她到僻靜的地方施祿山之爪，受害人高聲呼叫，幸好有途人經過救了她，色魔落荒而逃。」

「喂，那個外國人色魔比不比得上前面街角那個超酷洋人。」一個女生指著杵在媒氣燈旁的業成說。

「哎呀，如果有他那樣帥氣，哪真叫人為難啊。」

「你犯花痴啦，那是雅婷的男朋友。」

「雅婷，你的男朋友來接你。」

「不是說那個英俊小生是雅婷的堂哥嗎？」一個女生小聲地說。

「是的，他是我的堂哥，我介紹給你們認識。」雅婷耳尖，了無生氣說。

「不要啦，下次再介紹吧。」幾個女生看見她神情萎靡，識趣地跑開了。

雅婷走到業成跟前，悽楚幽怨凝望著他，見他神采飛揚有點不解。

「雅婷，我們到『兵頭花園』看新來的白孔雀散散心。」

「你不怕妍玥姑媽罵你嗎？」

「走吧。」業成說。

「好的。」雅婷眼睛突然發亮，朝氣蓬勃豁出去的樣子說。

兩人牽著手來到公園的涼亭，涼亭下面是一個西式幾何圖案的大花園，四角有花圃，十字形的步道通往中央優美菱型的噴水池，時近黃昏，西邊的天空鑲滿瑰麗的彩霞，三五成群的洋婦帶著小孩、婢僕到來玩耍、散步、社交，空氣中充滿小孩追逐嬉戲的歡笑聲，遠處傳來陣陣悠揚樂韻的現場演奏聲，交織成一片美好歲月的景象。香港開埠初期，花園是香港總督官邸，之後港督府落成，將花園擴建為『香港動植物公園』，開放給公眾使用，香港總督的頭銜是三軍統帥，眾兵之頭，華人直率地叫這公園做『兵頭花園』。

「我有一個好消息，一個壞消息告訴你，你要先聽那個？」

「什麼壞消息？是不是姑媽不許你見我？你的身體有病？我爹要將我嫁掉？」

「不是啦。你聽清楚，我不是你堂哥。」

「你在說什麼傻話？你從小就是我堂哥。」

「我跟日凡做了我爹的血液測試，發現我跟爹並沒有血緣關係。」

「我從生物課知道血型分A、B、O型，可是怎樣證實你們沒有父子關係？」

「爹的血型是O型，我的血型的AB型，O血型的父系無論配上A、B和AB血型的母系是不會生出AB血型的後代，只有A、B和AB血型的父系配上A、B和AB血型的母系才會生出AB血型的後代，我不是爹的兒子。」

「那你是誰的兒子？」

「我不知道，我跟日凡會繼續調查。」

「既然你不是我堂哥，真是太好了，我們可以跟以前一樣囉。」

「我們要保持祕密，在其他人面前我們不要太親近啊，尤其是對著妍玥姑媽。」

「知道了，你是說現在就可以。」

「你這鬼靈精。」

兩人手牽手依偎在一起。

三天後，發生了一件離奇命案，地點就在「廣福義祠」地藏菩薩旁邊小門後面，安放神主牌的大房間，廟祝發現屍體前二天已經聞到有異味從房間傳出，也不甚在意，後來無數青蠅亂飛，臭味越發濃烈，令人作嘔，想到可能又有離鄉別井的重病工人爬進去死掉，冒著臭氣薰天走進去探個明白，在神主牌案底下發現一具屍體，要是平常屍體，廟祝只要通知東華醫院派仵工撿走屍體，待人認領，可是這是一具特別的屍體，是無頭、沒有雙臂的，而且還是女屍，廟祝嚇慌了，連忙報警，屍體移送到雅麗醫院解剖及當作醫學人體研究。

顧日凡和業成有幸參與課堂，屍體難得，尤其是女屍更是難能可貴，許多本科生和醫師聞風而至，解剖室擠滿了人，一具半腐爛慘白的無頭無臂女屍攤在手術枱上，形容恐怖，甚是詭譎，洋教授一邊剖開屍體一邊解釋，有人作筆記，有人作畫描繪內臟器官和位置，大家忍著屍臭熱烈地提問，過了個多鐘頭，解剖完畢眾人蜂擁逃難似的跑出惡臭的手術室，只留下教授、顧日凡和業成。

「安達臣教授，死者身體除了乳房有明顯的刮傷痕跡和紫青的瘀傷外，其他地方並無傷痕，看上去不是受到暴力襲擊。」

「顧先生，屍體其他部位完整沒有傷口，皮膚細膩，是年輕女子的屍體，身材嬌小，黃皮膚黑毛髮，曾經纏足但已放腳，恢服半天足，初步斷定是華人女子。」

「內臟器官形狀完整沒有損傷，也沒有瘀血積聚，證明未受外力撞擊，可能頭部被襲擊而死。」

「伍先生，這是其中一可能性的死因。」

「安達臣教授，死者是死後割頭砍臂？還是被割頸砍臂而死？」

「顧先生，你的看法呢？」

「屍體的頸部皮肉，大動脈切口整齊，頸骨齊口而斷，沒有亂砍亂斬的情況，雙臂的傷口亦然，沒有掙扎的跡象，推斷死者被殺後放血，再斬去腦袋雙臂。」

「她如何被殺？」

「剛才業成說可能頭部被襲而死。另一個可能是兇手將死者掐死或焗死，腦部缺氧，死後心臟仍跳動時立即割喉放血，再將頭顱切下。」

「這是活活肢解，兇手十分殘忍。」

「伍先生，除了掐死和焗死，還有什麼情況引致腦死後心臟仍跳動的現象？」

「其中包括嚴重腦血管疾病如腦出血和腦梗塞，腦部受外力損傷如摔倒、撞擊，藥物中毒抑止呼吸或溺水使腦部缺氧，這種種因素會引致腦功能完全喪失及不可逆轉，醫學上叫腦死亡。」

「二位，既然死者已死了，為什麼還要大費周章把她的頭割下來？請不要告訴像你們的章回演義小說寫是將頭顱拎去領賞。」

「臉部長相是個人的特徵，我們認人也是看五官的，兇手割下腦袋就是令別人不能辨出死者的身分，雙臂砍掉令警方不能採取死者的指模。」

「顧先生，你可以去做偵探咯。」

「教授過賞了，可是我們還要做其他試驗才能決定死因。教授，我們是否有這個榮幸幫得上這個忙嗎？」

「紳士們，這也是我的榮幸。」

兩人往後幾天通宵達旦忙著工作，吃、喝、睡、拉也在實驗室裡，樂不可支，教授對他們的工作熱忱十分讚賞。

這天清早他們完成了試驗等候結果，喝著濃濃的咖啡討論案情，顧日凡說：

「兇手殺人後割頭放血為了減輕重量，方便搬運，可是他不可能抱著光溜溜的屍體在街上走動，這樣很容易惹人注目，我推論他會將屍體用棉布包好，或者屍體砍頭砍臂後再穿上衣服吸走多餘的血液。」

「搬運屍體的時間是在晚上三更半夜，街上沒啥行人，可是兇手怎樣處理那些放掉的血液。」

「泥土可以吸收血液，作案的地方在山邊或有泥土的地方。」

「可是怎樣解釋屍體的乳房有刮損痕跡和瘀傷？」

「乳房表面有刮損痕跡，好像是從一個狹窄的孔洞硬擠出來，屍體不可能先包著棉布穿過孔洞，至於瘀傷是被人用勁捏成的。」

「兇手把屍體擠過孔洞，再將棉布經由孔洞運送到另一頭？」

「為什麼要穿過孔洞運送屍體到外面？不直接從門口抬屍體出來？要是這樣，孔洞另一頭必定有人接應，是有共犯的。」

「第一兇案現場會是怎樣的環境？令兇手採用這個方法。」

「命案的地點是一個很多人居住的地方，例如多家多戶、臭氣薰天的勞動階層住所，那個孔洞可能是狗洞或者是牆腳破洞。」

「那個年輕女子為什麼會遇害？殺人的動機是什麼？」

「年輕女子遇害多是情殺、被相識的人因姦不遂殺害。我們不如先到第二案發現場調查。」

兩人來到「廣福義祠」，花崗石砌的外牆漆上朱紅色，旁邊一道狹小的石梯通往正殿，殿內供奉地藏王，香港開埠初期，許多外地人來到香港討生活，不少客死他方，屍首攤倒在路邊，無人理會，港英政府有見及此撥地興建「廣福義祠」，用來安放異鄉人的遺體和神主牌及兼作醫館，後來無處棲身的單身客都跑來寄宿，及後更有重病者來此等死，當時百姓可自由擺放祖先的神主牌在後面的大房間供奉，故此華人稱此廟為「百姓廟」。

兩人尋著廟祝問話，廟祝是一個七十多歲的佝僂老人，見到外國人面孔的業成誠惶誠恐，知無不言，引領他們走進案發現場安放神主牌的大房間。

「當初你是怎樣發現屍體？」

「裡面好臭囉，便走進去看。」

「那是什麼時間？」

「四天前。」

「屍體有沒有棉布包著？」

「沒有啊。當時我走進去看見一個黑色物體丟在案底，走近一看才知是許多蒼蠅俯伏在一具光溜溜的屍體，吮啜臭不可聞的死屍水，我掩著鼻也受不了，再看清楚才發現那具女屍是無頭無臂，我即時嘔吐了一地黃疸水，逃命似的跑出來去東華醫院報告。」

「為什麼隔了幾天才發現屍體？」

「你也有眼看，這裡是安放死人神主牌的鬼域，以前到處都是屍體亂放，自從東華醫院接管後情況才得以改善，不過也有快要死的人偷偷爬進來等死，這個房間黑沉沉，陰森恐怖，就是白天正午大太陽時份也陰風陣陣，寒飀飀，鬼影幢幢，好像鬼門關的入口，除了清明重陽有人來拜祭祖先，平日那有人會喜歡跑進來，你以為貪要碰上陰魂鬼魅嗎？」

「發現屍體前幾天的晚上你好沒有發覺廟內有異常的聲音？或者看見有人溜進來？」

「沒有，就算有，我也不會去打擾。」

「這幾天有沒有見到奇怪的人來拜拜？」

「這裡每天都有奇怪的諸式人等來拜拜，最緊要是他們跟我買元寶香燭。」

「謝謝你。」

他們走出房間，廟祝纏著顧日凡問業成是誰，顧日凡騙他業成是警察長官來調查命案，來到前殿，業成發現祭祀案頭底下有一只布錢包，十分眼熟，連忙拾起來放進口袋，兩人離開後，業成拿出來給顧日凡看，憂心忡忡的說：

「你是否認得出這個西洋布錢包？」

「唔……，好像是你買給喜兒那個錢包。」顧日凡拿過來端視一會說。

「是同一個錢包，我認得式樣和花紋。」

「你是否懷疑那具無頭女屍是喜兒？」

「這點我不能夠證實，我未見過喜兒的身體，並不知道她的身體特徵，只有一個條件符合，就是她來到我家曾經纏足，後來經『香港婦女天足會』的會員來勸說，家中的女孩、女僕也放棄了纏足。」

「就算那具屍體不是喜兒，跟喜兒有牽扯是錯不了。」

「是的。兇手或共犯將屍體搬到這裡，剝下了衣服，拎走了棉布，消滅了證據，他們很細心，但還是遺留了喜兒的布錢包。」

「還有其他可能嘛。」

「不會是家裡的人殺了人吧？還是喜兒死了？」業成洩氣地說。

「我們不要猜度了，到你家問喜兒吧，最怕找不到喜兒令你牽腸掛肚。」

業成憂鬱地看了顧日凡一眼。

他們來到家門前看見嫣紅太姨娘在指罵一個獐頭鼠目、面無餘肉的老煙鬼。

「你也好家教，你家是養婊子小偷，你將壞胚子賣給我，還跑來質問我你那個死丫頭喜兒在那裡，那個賤人臭貨偷漢子，跟一個外省來的野男人跑了，還偷走了我不少銀圓金飾，你來得正好，我要拉你去見官，給我賠償。」

「我也不知道她跑掉。」

「你不用唱雙簧，一定是你唆使她偷了我的東西再跑掉。」
「不是，不是，我家的阿牛和阿寶也不見了，我想他們會跑來找阿金。」
「你這渾蛋，不見了孩子就到我們這裡撒野，他們住了二天就給喜兒那個賤貨嫌他們白吃白住連累她，攆走他們。」
「他倆真的離家出走。」
「這跟我家有什麼關係？癟三，虎毒不吃兒，你這樣對你的孩子，你有沒有人性？」
「我怎樣對他們關你什麼事？你也不撒泡尿照照自己又是什麼出身，你只是水坑口妓寨阿姑[1]。」
嫣紅氣得青了臉，咬緊牙關說：
「朱伯，以後這瘟生再到伍家耍無賴，見他一回用光頭掃把他打一回。」
嫣紅說完掉頭就進屋，朱伯真的拎著掃把趕他走，那個男人氣憤地在他家門口吐了二口痰涎才跑掉。
顧日凡和業走進屋，顧說：
「嫣紅太姨娘的說話真有意思。」
「你是說她罵人那股潑辣勁？」

1 指妓女。

接著遠處看見嫣紅對著走近的鶴齡和藕夫人和顏悅聲說：

「早啊，鶴齡、藕夫人，你們好。」

「嫣紅姨娘，你好。」

藕媽媽正眼也不看她，嫣紅忍氣吞聲說：

「我要去看老太爺，欠陪了。」

「姨娘，慢走。」鶴齡說。

鶴齡在藕媽媽耳邊說了話，藕媽媽滿臉不高興想用手指戳鶴齡的手臂，瞥見前面有人及時縮回手指，眾人相遇寒暄，顧日凡對藕婆婆彎腰行了一個西洋禮，藕婆婆仍是愛理不理地搧著西洋扇。

「聞名不如見面，藕夫人儀態萬千，高貴動人，如大英帝國的維多利亞女皇。」

「省省力吧，我不吃這一套。」藕婆婆語帶不屑。

「夫人的眼睛閃閃發亮如黑夜耀眼的星星。」

「了無新意。」

「夫人的嗓音是上帝吻過的聲音那樣清脆甜蜜。」

「口甜舌滑。」

「那麼『玫瑰不叫玫瑰也一樣芬芳。』呢？」

「你真是天生的馬屁精。」藕婆婆終於笑出來說：

「你叫什麼名字？」

「小生姓顧名日凡，是業成的同學。」

「明年就醫科畢業囉，有需要來何家找我。」

「多謝藕夫人費心。」

各人再說了幾句，分別離去。

「歷史的潮流是抵擋不住，鶴齡伯父剪了辮子、留起頭髮、穿著西服，看上去風度翩翩，儀表不凡。奇怪，藕夫人的手怎麼跟她的臉孔不一樣？」

「不要囉唆，快點追著太姨娘問她喜兒的事情。」

兩人在『不準過橋』前追住嫣紅，業成叫道：

「太姨娘，請留步。」

「業成二少爺，有什麼事賜教？」嫣紅站在橋上，側身斜眼微微一瞥笑說。

「不敢，我想知道喜兒那回事。」

「我還以為是什麼事？原來是些雞毛蒜皮的小事，只不過丟了個不值錢的丫頭，也要業成少爺操心。」

「好歹她也是家裡的人，她什麼時候不見了？」

「好像是個多禮拜前吧。」

「是否爹的新姨娘進門第二天？」

「我們這樣的老太婆怎記得這些瑣碎的事情？」

「她是跟什麼樣的男人走了？」

「我怎知道，你去問她。哎喲，難不成是業成少爺誘拐了她，我看你兩人平日就是眉來眼去，秋波暗送。」

「太姨娘，你是長輩。」

「你知我是長輩也用說話拿我。」嫣紅氣道，轉身走上山。

兩人來到「菡秀水榭」坐下乘涼。

「真沒用，向太姨娘問不出什麼。」

「不是啊，太姨娘露了許多口風。」

「怎麼說？」

「你是當局者迷，習慣了她虛張聲勢的說話方式，沒有領會到她說話所透露的玄機。」

「洗耳恭聽。」

「太姨娘與喜兒的關係如何？」

「喜兒是太姨娘買斷回來的丫頭，當年十二歲，原名阿金，是二叔父改名喜兒，年紀漸長出落得俏麗可人、乖巧又善解人意，太姨娘當她是貼身侍女，爺爺也十分喜歡她，準許她在『夢蝶館』走動。」

「喜兒宛如『紅樓夢』中的大丫頭平兒、襲人，是太姨娘的左右手囉。」

「事實也是如此，喜兒對太姨娘曲意逢迎，討得她歡心，她倆看上去相處融洽，怎料得到太姨娘翻臉如翻書。」

「喜兒有沒有對你透露她有心上人？」

「她怎會跟我說，她只會對她的金蘭姊妹說吧，不過，她倒跟我提過很擔心她弟妹的前途，可是她自己也自身難保，又怎有餘力扶她弟妹一把。」

「要是喜兒擔心她弟妹，又怎會無緣無故趕走他們呢？而且以她的條件，她會選擇跟一個男人跑掉面對不可預料的未來？還是留在這裡過些平穩的日子？」

「趕走弟妹有違喜兒的性情。至於第二點，讓我摸擬她的心態，我想她會選擇留下，除了有一個非走不可的理由。」

「況且伍家還有業成少爺。喜兒心所有屬，又怎會跟別的男人私奔？」

「不要說傻話，繼續你的歪論。」

「我分析太姨娘剛才對那個心術不正男人的說話，首先她指責那渾球沒家教，繼而數落喜兒，令人感到她對喜兒跟人跑掉、偷了她的財物十分氣憤，真相是否這樣未能證實，太姨娘竭力表示喜兒逃走的事情與她無關，可是她隨後說了些感性的說話，她罵他沒人性那樣對待兒女，那癟三反唇相譏證明確有其事，可以推斷喜兒曾經向太姨娘透露她家的困境，這樣剖白心事已經達到閨中密友的地步，可見得喜兒和嫣紅太姨娘的關係良好，喜兒決不會為了男人挾帶私逃，我推斷太姨娘是在眾人面前演戲，砌詞狡辯，背後有諸多原因。」

「唔……。」

「還有剛剛你追問太姨娘喜兒逃到那裡去，太姨娘的態度是左閃右避，絕不肯洩露半點痕跡，最後轉守為攻，給你安了一個疑似拐騙喜兒的罪名，她是以攻為守躲開你的糾纏。」

「線索斷了，往那裡去找喜兒？」

「不，還有其他證人。」

「是，門房朱伯是最後看見喜兒的人，壽兒和其他下人。」

兩人尋著朱伯問話。

「你最後是何時見到喜兒？」

「那是……，那是松齡老爺的新姨娘進門那一天。」朱伯想了一回說。

「當時情況怎樣？」

「當時快要黃昏，喜兒跟太姨娘去『高陞戲院』看戲。」

「你怎知道？」

「我看著她們叫人力車，聽到她們要去那裡。」

「喜兒的神情怎樣？」

「跟平常沒二樣，只說了句『我們出去了，等太姨娘看完戲一起回來。』不，那不是我最後看到喜兒，是在當晚快到一更時她跟太姨娘回來，邊走邊埋怨那齣大戲不好看早點回來。」

「之後你怎樣知道喜兒不見了？」

「就在第二天中午太姨娘大吵大鬧，叫嚷著喜兒偷漢跟人跑了，還偷了她的銀圓金飾，她的弟妹也不見了，太姨娘力指喜兒有預謀的。」

「當日早上你有沒有見到喜兒離開家門。」

「沒有哇，只是一大清早天還未亮透，壽兒到來說要借倉庫鑰匙，我進房間找給她，我從房間的窗口緊盯著大門口，當時只有太姨娘的姊妹愛銀姑娘拎著行李出門。」

「你怎知道那個是愛銀姑娘？」顧日凡突然問。

「她身穿著平時穿的洋服，斜戴著寬緣帽子，露出胸口妖妖冶冶，不知廉恥勾引男人，哪不是她嗎？」

「哦。」

「你最近有沒有見過陌生男子在門外流連？」

「沒有啊，除了雅婕小姐的教友送書給她，當時雅婷小姐也在一起。」

「為什麼沒看見爹的新姨娘？」

「業成少爺這幾天不在家，不知家裡發生的大事情，就在喜兒失踪後二天，新姨娘也有樣學樣跑掉了。」

「爹有沒有報官？」

「松齡老爺強買她回來做妾，人家當然不願意囉，有機會就逃跑嘛，就算報官，洋人那裡會管華人的家事。」朱伯小聲的說。

「爹一定暴跳如雷。」

「那倒沒有，松齡老爺只是一副事不關己的樣子，像丟了一件無用的東西而已。」

「那真的很奇怪。」

接著業成和顧日凡去找壽兒問箇中情形，壽兒說：

「當天一大清早喜兒叫我去借倉庫鑰匙，拿到後卻找不到喜兒，到中午太姨娘發難時才知道喜兒利用了我逃出伍家。」

「你有沒有看見嫣紅太姨娘的姊妹愛銀姑娘出門？」顧日凡忽然問。

「有哇，那天一大清早她穿著黑色長洋裙，戴著寬緣帽子遮了半邊臉，拎著一大箱行李匆匆出門。」

「怎麼太姨娘沒有送她上船嗎？」

「沒有啊，太姨娘看完戲當晚回來說十分疲累，隔天要多睡一會，已經跟愛銀姑娘說好不去送她的船。」

「又聲稱是好姊妹？」

壽兒沒作聲。

「爺爺知不知道喜兒跑掉了？」

「太姨娘從『夢蝶館』跑下來鬧個通天，人仰馬翻，街坊圍著我們家的大門看熱鬧，七嘴八舌說是非，老太爺理應知道。」

「爺爺有什麼反應？」

「我還以為他會氣得跺腳，吹鬚瞪眼，我見到他時他老神在在抽鴉片，沒事一樣。走了喜兒，他會買四兒、五兒代替嘛。」

第八章

顧日凡和業成在酒吧吃過三文治做午餐，喝著啤酒聊起來。

「一大清早喜兒趁著朱伯和壽兒到房間取鑰匙逃走，朱伯從窗口只能看到別人的上半身，看不到喜兒和弟妹彎著腰、蹲著身扶牆摸壁逃出家門。」

「接著愛銀姑娘出門了，時間上有點刻意。」

「事件跟愛銀姑娘無關。」

「嗯。你家有兩個女子同時失踪了，真是不簡單的巧合。」

「根據你的理論，喜兒的逃跑跟太姨娘有關，她和弟妹已躲起來，那具無頭女屍可會是爹的新姨娘？」

「為什麼這樣想？」

「當日新姨娘進門時我瞥了她一眼，在蓋頭下她滿臉淚痕，我覺得她眼熟，現在我才記起她是誰，她是在大笪地跑江湖賣武那個女子，爹用錢買了她回來做妾，後來逃跑了，無家可歸，遇上壞人被殺了。」

「如果她遇到不相識的人被殺掉，殺她的人也不用把她的頭割下，砍斷雙臂，也不用剝下屍體的衣服，也不用故意將屍體丟進『百姓廟』，兇手這樣做是讓人延遲發現屍體和抹掉死者的身份，還有，為什麼喜兒的布錢包會遺留在廟裡？」

「那麼喜兒失蹤和新姨娘逃跑只是不約而同的巧合？」

「可是你爹的態度很曖昧，他用錢買了個女子回家，隨隨便便給她逃掉了也不去追究，不痛不癢，這不合常理嘛，換作其他人也會大發脾氣，急忙尋找那班賣武的理論索償，向他們要人或者要錢，你爹大方得很啊。」

「爹是生意人，絕對不會噤聲，他一定會跟對方協商講條件。」

「真的令人懷疑。」

「為什麼喜兒要跑掉？以後她怎樣生活？還有她的弟妹啊。」

「當然是找工作囉。」

「我們到薦人館調查。」

「那些地方只能找到普通的工作，工錢只夠喜兒餬口，不能養活三人，況且喜兒十分憂慮她弟妹的前途，我想……，我想她會……。」

「你不是說她會到妓院當娼吧？」業成說完，自己倒抽了一口涼氣。

顧日凡面無表情點頭說：

「太姨娘是從良的阿姑，她有這方面的關係。」

「喜兒是買斷的丫頭，太姨娘手握她的賣身契，也要太姨娘肯放手才行。你推斷太姨娘幫忙喜兒逃跑只是假設，另一個可能是喜兒為了躲避她那不成材的老爸才跟弟妹跑掉。」

「我們不要討論太姨娘與喜兒逃跑的關係。先要找到喜兒，可是一個清清白白的女子淪落到煙花之地也真可憐。」

「服侍爺爺也不容易清白咯。」

「你說什麼？」

「沒什麼。」

「我們去找雅婷，她曾經幫喜兒拍過照片。」

兩人杵在媒氣燈柱等雅婷放學，眾女生看見兩人竊竊私語，當雅婷拉著她們要介紹業成和顧日凡給她們認識，她們一哄而散，他們邊走邊說。

「咦，為什麼你兩個會一起等我放學？」雅婷輕撫著業成的手說。

顧日凡假咳一聲說：

「這是公眾地方，檢點一點。我們到來問你借一樣東西。」

「顧大哥，不要裝模作樣啦，要借什麼？」雅婷從善如流放開業成的手說。

「喜兒的照片。」

「是啊，喜兒不知為什麼失踪了？」

「我們就是要把喜兒找出來。」

「朱伯說有個陌生男子送書給雅婕大姊，當時你也在一起。」

「顧大哥，那個是招敬斌，你不是懷疑他與喜兒的失蹤有關啊？怎麼可能？招大哥的心上人是那個在大笪地賣武，表演縮骨功、走軟索的女子，當日你也在茶樓上看到嘛，你還說招大哥與那女子眉目傳情，暗通款曲。」

「那個女子就是松齡伯父的新姨娘。」

「吓，又會這樣巧合，這樣一來松齡伯父豈不是橫刀奪愛嗎？新姨娘進門當日我未見過她一面，不知道是同一個女子。」

「新姨娘也失踪了。」

「這個我也聽到下人風言風語，未放在心裡，只見前幾天松齡伯父將房門另外加一把鐵鎖鎖上，原來把新姨娘鎖在房中，但是新姨娘如何打開上鎖的房間？又如何在眾人不知不覺的情況下逃離伍家？」

「那幾天你有沒有看到新姨娘？」

「怎可能，她鎖在房中，我又沒有好奇心去偷看。」

「當天發生了什麼事情？」顧日凡打斷問。

「都是一些平常事，除了藕巫婆打我。」

「那就不必說藕巫婆的事。」

「顧大哥，你很討厭耶。我跟雅婕大姊返家，招大哥在大門口等著把聖經送給雅婕大姊後離去，剛巧碰上太姨娘和她那妖裡妖氣的姊妹回來，她姊妹上去『夢蝶館』，太姨娘拉著雅婕大姊說話。」

「招敬斌有沒有跟太姨娘或她的姊妹說話？」

「沒有啊，他只是緊盯著太姨娘的姊妹愛銀，我看見她對著他甜笑，他也回了微笑，他倆以前是認識的，搞不好他們跟新姨娘正陷入三角戀情糾紛。」

兩人苦笑，取得喜兒的照片後離去。

第九章

香港開埠初期風月事業已迅速發展，外藉妓女盤據中環擺花街和灣仔春園街等洋人區，華藉阿姑則聚集在水坑口及荷李活道一帶，一九〇三年石塘咀填海工程完成，剛巧水坑口發生大火，將妓寨燒清光，當時港督彌敦靈機一觸，將妓寨搬到石塘咀集中管理，此時華商在航運業賺了大錢，不惜腰間錢，到塘西夜夜笙歌，尋歡作樂，塘西風月以山道為中心，矗立四大天王大寨的頂級妓院，分別為倚紅、詠樂、賽花和歡得，環繞這個核心是不同級數的秦樓楚館，外圍是高級酒家如金陵、陶園、香江等，旅館林立，自成一隅，華燈初上，車水馬龍，眷戀流連尋芳客，夜如晝，樂未央，花月正濃，每晚不斷上演塘西風流韻事，開展華麗優雅、靡爛頹廢的黃金歲月，畸型的繁榮養活了約五萬人，佔香港總人口四份之一。

業成和顧日凡坐上開往塘西的頭等電車，單層車身，分頭等和三等車廂，收費為一角和五仙，乃高消費的交通工具。

「塘西有上百間妓寨，我們可沒有本領跑遍每一間。」

「香港政府對華人風月場所有一套嚴格的管理方法，監管機構『撫華道』的華民政務司向妓女每年發牌一次，妓女領牌時須驗身及申明自願投身淫業，若未能及時申報會被處罰，輕則罰款，重則封寨，此舉預防逼良為娼和拐賣女童，我們只要取得這十天以來新妓女的資料，集中調查，很快就將喜兒找出來。」

「我們怎能辦到？我們又沒有關係？」

「那就要看你嘞。」

「我？」

「可惜你沒有留著酷酷的八字鬍。」

兩人下車後直踩到相關管理部門的警局辦公室，顧日凡讓業成進門後即高聲大嚷：

「來人呀！怎麼一個人也沒有，你們躲懶躲到那裡去？」

沒有反應，顧日凡再次大聲喊話，等了一會，一個瘦小的華人跑出來嚇唬嚷道：

「什麼雜種敢來到撒野？」

「渾蛋，你看不見我們警司來到嗎？」

業成叉著腰，瞪著綠色的眼睛俯視他，看得他心虛膽怯，氣焰全消。

「發生了什麼事？為什麼突然沒聲沒氣？」另一個印度人跑出來，看見業成立即哈腰打恭作揖說：

「長官，不知你大駕光臨，未能遠迎，請上坐。」

說完旋即拉了一把椅子，用制服袖子擦了擦請業成坐，業成趾高氣揚坐下，向顧日凡另努了努嘴，顧日凡用不容商量的語氣說：

「我們新上任的警司是特擊巡查有沒有逼良為娼、拐賣女童、虐待妓女的事情，你們將這半個月新來妓女的名單給我們，我們要親身調查。」

「你們是微服出巡囉。」

「不要多嘮叨，快點拿出名單來，記得蓋上官印。」

「我們立即去做。」印度人說完旋即催促那瘦小華人找出名字，過了二十多分鐘，抄寫了一份清單，蓋上官印交給顧日凡，顧日凡裝模作樣彎腰送給業成，業成看了一眼用字正腔圓的牛津腔說：

「你看著辦。」

「長官說你們做得很好。」

兩人堆著笑臉恭送他們出門。

業成和顧日凡昂首闊步走出去，等那二名蠢蛋看不見他們時，立即迅速逃跑，直至跑到喘不過氣彎腰大笑。顧日凡帶路按著名單去到一間妓寨，門口土地供著一盤雞蛋，門房攔住他們，看見業成立即對樓上高叫：

「有客到！老爺，請進。」

「我們不是來找阿姑，我們是警察局，叫你們的老闆娘出來。」

一個小廝連忙跑到裡面通傳，不一會一個濃妝豔抹的中年婦人拂著絲巾，款擺柳腰，蓮步姍姍出來，瞟了業成一眼，目光隨即飄到別處，請他們到小客廳去，女僕端上茶，老鴇閑地吃過一口茶後，斜著眼看著他們，從容不迫說：

「官爺，有何貴幹？」

「我們是來調查新來阿姑的資料。」

「官爺，我們已經跟你們這裡的人關照過。」老鴇不慍不火地說。

「我不是跟你說那些。他是我們從英國新來的專員，他的特別任務是特擊檢查有沒有逼良為娼的事件，是正經事，來真格的，你就叫你的阿姑出來虛應故事，消遣消遣他吧。」顧日凡說完後對業成說了一大輪的英文，業成對著顧日凡神情嚴肅說了一大輪，眼神凌厲看著老鴇。

「長官說一定要公事公辦。你這裡新來的兩個阿姑名叫月香、春琴。」顧日凡說過後拿出名單不經意揚了一下給老鴇看。

「官爺，你們來得正不合時宜，晚上是我們忙個不停的時刻，她們兩人也到了酒樓應飯局，若你們要見她們問話也要到等到半夜啊。」

顧日凡心裡明白老鴇是緩兵之計，安排後著也由得她亂說下去。

「還有預先說明，你們的洋長官可不要碰我們的姑娘。」

「你們的阿姑也不是三貞九烈、未見過男人的黃花閨女。」

「要是她們開了洋葷，以後在塘西那能做人？」

「唔。你們寨裡有沒有這個女子？」顧日凡拿出喜兒的照片問。

「沒有，這姑娘挺標緻，為什麼要找她？」

「沒你的事情。」跟著對業成嘰哩咕嚕說完一輪後繼續說：

「我們長官很明白你們的情況，我們明天下午再來，到時叫你的阿姑留在寨裡，我們在大廳問話，知道沒有？」

「官字兩個口，我們一定會聽著辦。」老鴇不甘心地說。

再無二話，老鴇送兩人出門。

業成和顧日凡再到過幾間妓寨也是類似的反應，兩人跑了半天也感肚餓，走到一間酒樓上了二樓，正藉晚飯時間，高朋滿座，服務生勉強找了一個靠樓梯圍欄的通道位子給他們，對面是一排廂房，人來人往，又看見客人上上落落。

「你的演技不錯，只做表情已嚇唬得她們貼貼服服。」

「我的心慌得很，只怕她們互通消息，走漏風聲。」

「我就是想他們把消息傳出去，若喜兒在此，她明白我們在找她。」

「知道了，晚上是妓寨做生意的最佳時間，我們還是明天下午來較合適。」

「說得也是。」

「這份名單有十多間妓寨，共二三十名妓女，有這麼多人願意委身煙花之地嗎？」

「大多都是為勢所迫，任誰也不想朝秦暮楚、玉臂當枕、朱唇任嘗。可是塘西當紅高級阿姑十分驕矜，她們經歷嚴格訓練，基本要求是猜、飲、唱、靚，件件皆能，最難得是舉止大方得體，有大家閨秀風範，無淫褻青樓陋習，豪客競比奢華，如一次過包起四間大寨，只為奪取美人芳心，就算千金散盡，未能作入幕之賓，仍不失禮數規矩，視作等閒。」

「政府當局如何防止虐待妓女？」

「最大的殺手鐧就是要求妓女每年驗身，除了驗性病外，還看她們身體是否有傷痕。可是你有張良計，我有過牆梯，妓寨有一套威嚇不聽話的妓女，極其陰毒的方法是打貓不打人。」

「什麼是打貓不打人？」

「妓女是生財工具，不能把她打得青一塊，紫一塊，怎能見人奉客呢？妓寨的做法把反抗妓女的褲腳綑綁起來，放一只貓放入褲襠，束起褲頭，鞭打貓咪，貓兒無處可逃，只能對著妓女的腿亂抓亂刮，妓女受刑立刻喊出淒厲的哭聲，這種陰毒的招數只要想著也要心驚膽顫，不寒而慄，任何倔強的女子也懾服其下，其他女孩見了也嚇得魂飛魄散，委曲求全。」

「這分明是虐待啊。」

「寨妓抗辯說她被貓咪不小心抓到，他們可沒有虐待她啊。」

「嗯，為什麼那些美貌女子在廂房來回穿插？」業成指著對面的光景說。

「傻小子，那些是勾欄女子。客人寫花箋邀請出名的妓女到酒樓見面，由酒樓小弟傳遞，每次收召喚費一元，那可不是妓女的服務費，她們應邀到酒樓露一露面打個招呼，酒也不喝一盞即翻若驚鴻離去，要是整晚飛箋邀約多名妓女，已經要上十元，現時一般人月入只是二至五元，十元可是大數目，要進一步親炙芳澤，非要幾百至幾千元不行。」

「那真的是銷金窩。」

「妓寨還有不少手段敲竹槓，餽贈心儀妓女禮物、節日打賞不在話下，其他如打水圍[1]、包廳宴請全寨妓女，只有巨賈豪客才能花得起大錢拚排場、鬥風頭、擷虛榮。」

「看，那個從廂房走出來的女子側面看有點像雅婷。」

「是啊，真的有點像，但是舉手投足韻味成熟，不知是那一間妓寨的阿姑？我們尋著酒樓小弟問一下。」

他們叫住經過的小弟，顧日凡塞了一角給他問：

「剛才從二號廂房走出來那個阿姑是那一間寨？叫什麼名字？」

「她是『洞天』的巧雲姑娘。剛才有個孤寒的老爹也問過我，但是他半分錢也沒給我，這樣熱的天氣他還戴上手套，故意壓著嗓子說話，陰陽怪氣。」

「那一個老爹？」

「就是現在走下樓梯那個。」

業成和顧日凡向下望，看見一個穿著闊袍大袖的馬褂看不出身形，頭戴卜帽，手戴手套，拖一條斑白、髮量豐厚的辮子，戴著黑眼鏡的老人家步履沉穩走下樓梯。

「這個老爹腳力挺不錯，為什麼天氣這麼熱穿上厚重的衣裳，還戴上手套？」

「老人家身體衰弱嘛。咦，那一個不是鶴齡叔父嗎？」

1 粵諺中指「進妓女房間飲茶抽鴉片，妓女卻不在場。」

鶴齡跟幾個嘿嘿淫笑的猥瑣大叔從二號廂房走出來。

「是的，他跟生意伙伴在這裡應酬，華人都喜愛在餐桌和情色環境談生意。」

他們走下樓梯，鶴齡瞥見他們但沒有打招呼，業成和顧日凡聽到其中一個面紅耳熱的大叔高聲說：

「伍爺，都是你最行，巧雲見到你就眉開眼笑，只有你能哄得她喝過酒才走。」

「黃老闆，巧雲可是你的姐兒，她是給你面子才喝了酒，她喝的時候眼睛朝著你向你撒嬌啊。」

「真的嗎？我只要聽到她對著我溫溫軟軟地說話，骨頭也酥了，你知道嘛，我在戀愛。」

鶴齡笑而不語，幾人搖搖晃晃、跌跌碰碰走向妓院。

第二天下午他們跑了幾個妓寨也沒有收穫，顧日凡和業成取出名單研究，看到一個「近月樓」一個女子的名字。

「這個『雙成』好大嫌疑。」

「『雙成』就是喜兒。」

顧日凡看著業成憂鬱受傷的眼神，也替他難過。

他們來到「近月樓」時老鴇已經好整以暇地恭候。

「老闆娘，我們長官到來拜會你們新來的雙成姑娘。」

「長官，雙成姑娘今天還沒有到來。」

「你們的消息真的很靈通，雙成姑娘不住在寨裡頭，那麼她是自由身咯？」

「是的。」

「她是什麼身份？」

「淪落湮花之地已經是薄命人，各有因由，那會問前塵，只要她是成年人又是自願，政府也管不到嘛。」

「是不是這個女子？」顧日凡取出喜兒的照片問。

「是。」

「她住在那裡？」

「她沒有留下住址。」

「我們晚一點再來，雙成姑娘回來，你設法留住她。」

「知道了。」

兩人找到喜兒的去向卻未能放下心頭大石，走出妓寨瞬間風雲變色下起大雨，兩人狼狽不堪忙著找地方避雨，突然後面有人撐著油紙傘為他們遮雨，回身看，喜兒俏顏依舊，無悲無喜看著他們。

「喜兒，我們找了很久。」業成說完後想環抱喜兒肩膀。

「業成少爺，不要這樣，會損你的名聲。」喜兒退了一步說。接著低頭幽幽地說：

「我不想在那種地方跟你見面。」

業成楞住看著她。

顧日凡為兩人唏噓感嘆。

「喜兒，我們找一個清靜的地方好好一談。」

「顧少爺，我們到山上去。」

三人沿著山道走，兩人在前，業成心情沉重，喜兒在後亦步亦趨，穿過四大天王妓院走到山上的蒲飛路，向下望，山腰是一片青翠芒草，背後是蔥綠的樹林，上一點是種滿青苗小樹的山坡，再上一些是光禿禿、怪石嶙峋的山頭，英國人到來後旋即展開植林計畫，略見成績，向西營盤那邊是新建成的「香港大學」校舍，華麗的巴洛哈式樣主樓在周邊的屋宇顯得雞群鶴立。

他們走進一座鐵皮頂的風雨亭，找著乾淨的長凳坐下，天色陰霾，海那邊壓著低低烏雲，天上不時狂飆陣陣風雨，吹奏一闕芒草浪潮的樂章。

「你們想知道什麼？」

「你知不知道『百姓廟』發現了一具無頭、無臂的女屍？」

「知道，但是沒有留意，恍惚聽到她們八卦地高談闊論。」

「你最近有沒有到過『百姓廟』？」

「好端端我怎會到『百姓廟』？」

「那麼業成送你的西洋布錢包呢？」

「我走得倉促，沒有帶走。」

「你不是沒有帶走，你是無意中送給了別人。」

喜兒澄明的眼睛不解地看著顧日凡，顧從懷裡取出布錢包說：

「我們在『百姓廟』的神案下找到你的布錢包。」

喜兒露出恍然大悟的表情。

「你是不是有什麼事情瞞著我們？」業成關心說。

「你為什麼離開伍家？」

喜兒低頭不語，一副傷心人別有懷抱的樣子。

「你的犧牲也太大了。」

喜兒抬頭感動地看著顧日凡說：

「事情要由我弟妹從鄉下偷跑來找我開始，我一直擔心的事情終於發生了。」

「那是什麼事情？為什麼你不找我們商量？」

「業成少爺，沒有用的，你們能幫我們一時，不能幫我們一世。我那良心給豬狗吃掉的老爸，為了他根深蒂固的鴉片毒癮和還不盡的賭債，要將阿寶賣給妓院做琵琶仔[2]，將阿牛

---

2 雛妓。

賣豬仔[3]到舊金山，那幾天我如熱窩裡的螞蟻，只能乾焦急不知如何是好。」
「之後怎樣？」
「太姨娘看見我這樣，問明原委，只表示同情。」
「哦。」
「幾天後她跑來告訴我說『我有一個方法可以幫你。』」
「什麼時候？」顧日凡插入問。
「那是松齡老爺的新姨娘進門那個下午。」喜兒想了一會說。
「請繼續說。」
「我問她是什麼方法？她說『恐怕你不肯。』我猜她在吊我的胃口就問『你說來聽聽。』她說『我要你今天晚上去代替松齡老爺的新姨娘。』我聽了十分詫異地問『新姨娘是你什麼人？為什麼你要保住她的身子？』她隔了好一會才回答『她是我好朋友的朋友。』」
「你有沒有問誰是她的好朋友？」
「顧少爺，太姨娘是嘴巴很緊的人，她這樣回答已是她的極限。接著她說『我知你給太老爺睡過，但仍是處子之身，你想要什麼？我做得到一定給你。』我猶豫了很久說『我要回我的賣身契。』」

[3] 做苦工。

她二話不說立即答應，我們到她的房間，她找出我的賣身契讓我驗證後，在我跟前燒掉它。

「她倒很爽快啊。」

「接著她問我和弟妹以後如何生活，我說我正愁著，她說『你想弟妹讀書識字明理，以後過好日子，普通工作的工錢沒可能養活你們三人，還有餘錢給弟妹供書教學，既然如此，你不如走我的老路，咬緊牙關熬它三五七年，等你弟妹成材，你找個普通人做歸宿。』我心裡掙扎想了一會說『我沒有門兒。』她說『我去找塘西的姊妹商量一下，看她可以怎樣幫你。』接著她叫我找一套我平常穿的衣裳給新姨娘替換。」

「太姨娘真的很熱心啊。」

「你的布錢包就在那時留在那套衣裳。」

「你指那具無頭女屍是新姨娘？」。

「現在未能確定，後來怎樣？」

「那時快要黃昏，我們假裝到『高陞戲院』看戲，太姨娘叫我在那裡等她，說不好晚上帶我到那些地方被人評頭品足，太姨娘約兩個多小時後回來。」

「你一直在戲院等她？」

「是的，我聽到她吩咐拉車的送她到塘西『近月樓』。她回來後我們匆忙返家準備，偷偷走到松齡老爺房裡放走新姨娘，新姨娘初時非常抗拒，後來太姨娘在她耳邊低聲說了幾句話，新姨娘的表情非常驚訝變得十分合作，我跟新姨娘掉換了衣服，她們將我綁在床上打了個活結，在睡房裡換了一個燒壞的燈炮，又碾碎了安眠藥放入茶壺裡。過了二更松齡老爺喝得醉醺醺回來，亮不了燈就摸上床，完事後倒頭大睡，我拉開活結鬆開自己，跑到『亦乎軒』會合在那裡躲著的太姨娘和新姨娘，我跟新姨娘互相換過衣服，回到我的房間收拾行李，我跟壽兒共用一個房間，等到天未亮透，我和弟妹躲在暗角，看著朱伯打開大門，壽兒藉口借鑰匙羈絆著門房朱伯，那時候我看到太姨娘的姊妹愛銀姑娘拎著行李出門，過了一會，壽兒給我打個訊號，我偷偷帶著弟妹逃出伍家。」

「壽兒騙了我們。」

「女生要騙男生很容易。」

「這都是太姨娘的安排。我們在約定的地方等太姨娘，安頓下來後太姨娘帶我見她的金蘭姊妹，這是全部的事情。」

雨停了，天色陰暗像壓在心頭，業成想到喜兒的將來悶悶不樂，喜兒看見說：

「業成少爺不要為我難過，這是我的命，我很開心過去幾年能做你的丫頭，我會永遠記著你的好處，我走了，你不要來找我，他們不要見到洋人入侵他們的地盤，我……我們……。」

喜兒最後嗚咽低泣。

「小心你那沒良心的老爸，不要讓他找到你，你事事小心，答應我絕對不要碰鴉片。」

業成說完後掏出口袋所有錢幣，又問顧日凡借錢送給喜兒，喜兒流淚接過後噙著淚說再見，接著奔跑下山。

喜兒走遠後顧日凡才省起一件事，急忙追著喜兒。

「這是業成送給你的西洋布錢包，物歸原主。」顧日凡遞給她錢包。

「謝謝你，顧少爺。」喜兒抓緊錢包說。

「喜兒，太老爺在那方面有沒有怪異的地方。」顧日凡一臉尷尬問。

喜兒看見他的表情會意說：

「太老爺只能滿足手足之慾，而且極之粗暴。」

「你逃離伍家前二天有沒有見過太姨娘的姊妹愛銀？」

「沒有啊，我在『夢蝶館』太姨娘的房間裡沒見她的影踪，我想她在服侍太老爺。」

「『雙成』這名字是你自己起的嗎？」

「業成少爺講過『董雙成』的故事，他說『雙成』的『成』字有他業成的『成』字。」

喜兒紅著眼說過後轉身就跑，顧日凡怔怔看著她的背影。

顧日凡回到山上對望穿秋水的業成說：

「看不見了，走吧。」

「是『董雙成』。」

「知道啦，雅婷可是一個刁鑽善妒的女子。」

兩人向東前進，經過「香港大學」建築群，來到般含道和西邊街交界的「聖安多尼教堂」，此堂建立於一八六四年，後來發展成專門收容男童的孤兒院，更開設了工藝學院，教導他們謀生技能如鐵工、木工等。

「根據喜兒的描述，嫣紅太姨娘起先並不認識新姨娘。」

「太姨娘見過她，她在大笪地看到她，可是誰告訴太姨娘新姨娘是她好朋友的朋友？還是太姨娘自己發現他們二人的私情呢？」

「為什麼太姨娘會傾盡全力保住新姨娘的貞操？還有一點很可疑，之前太姨娘對喜兒的困境並未伸出援手，發現了新姨娘後她對喜兒的事情變得過度熱心，為了她好朋友的朋友燒掉喜兒的賣身契，急著在夜裡到塘西找她的姊妹，這時候妓院正是忙得不可開交，那有空應酬她，況且這些事情也不用急在一時，等喜兒逃出來再去商討也未遲啊？」

「太姨娘騙了喜兒，她不是去塘西，她是去見某一個人，那一個人是她所說的好朋友，至少也是一個重要的聯繫人，太姨娘的好朋友會是誰？」

「太姨娘是在新姨娘進門那個下午認出了新姨娘。」

「對，太姨娘就在這時對喜兒的態度改變了。」

「那具無頭無臂的女屍是否新姨娘？」

「我們並沒有人證，也沒有物證證實那具屍體是新姨娘，只知道跟伍家有關。而且我們並不知道喜兒逃跑以後發生的事情，又不知為何你爹對新姨娘溜走的事實處之泰然？」

「你指爹隱瞞了一些事情？」

「是。」

「你不是想當面偵訊爹吧？」

「我們見你爹之前，先要到他的房間鑑識一下，找尋物證。」

「你不是說真的吧？」

「為什麼不？你害怕你爹，我可不怕他。」

業成倒抽一口氣，跟著顧日凡快步走到堅道，左轉到樓梯街那一條長長的石級回到伍家。

業成打聽到松齡今晚接待外地來的商客要很晚才回家，兩人吃過晚飯才施施然走進松齡的房間去。

「當晚你偷進房間的情形怎樣？」顧日凡問。

「爹睡在外側，裡面沒有人。」

「喜兒已經走了，之前你爹綑綁新姨娘在床上，雙手綁在床靠。」

「你想找些什麼？爹可不是好惹的？」

「那更要找到一件證物能抓住他辮子做把柄。」

顧日凡爬上床，凝神看著酸枝床靠，發現有幾條不規則的刮痕，跟著索性躺在床上，雙手模擬被綁在床靠、不斷舞動，忽然竄入床底，在裡面的箱子亂扒亂撥，業成一頭霧水，等了好一會，顧日凡終於灰頭土臉，一身時尚西服、皮鞋沾滿了塵垢爬出來，滿面笑容說：

「找到了。」

顧日凡將東西端詳研究了一會，舉高給業成看，然後繼續說：

「今天偵查到此為止，回家洗澡睡一覺做個好夢，明天拿去做鑑識，明天十時在「香港酒店」的咖啡廳早餐見。記得穿得體面一點。」

業成仍摸不著頭腦，顧日凡已經揚長而去。

第十章

第二天業成去到「香港酒店」時顧日凡已經悠閒地吃歐陸早餐，業成點過咖啡後問：

「你什麼葫蘆賣什麼藥？」

「少安毋躁，先坐下喝杯咖啡，對面的Tiffany珠寶店還未開門。」

「你就是要將找到那只鑽石戒指拿去Tiffany做鑑識？」

「對，到時又要靠你囉。」

兩人走進Tiffany珠寶店，一個貌似主管的洋婦看見業成立即趨前說：

「紳士們，早晨，有什麼可以效勞？」

「早晨，女士。」業成用英語傲慢地咬字清晰回答。

洋婦想跟業成對話，顧日凡旋即擋駕說：

「早晨啊，美麗的女士。事情是這樣，我的主人前幾天吩咐他的華人男僕到來購賣一只貴公司的鑽石戒指，送給朋友做生日禮物，發覺鑽石泛著淺黃色，不是白色，好像給掉包了。」

說完後將松齡的面貌形容給洋婦聽，洋婦用心聽後搜索了記憶一會說：

「是的，我記得有這樣一個華人，他一個人到來，說著蹩腳的洋涇濱英語，一副財大氣粗、自命不凡的樣子。」

「那是他了，他就是愛炫耀、誇大其辭、擺架子的模樣，意圖隱藏他僕人的身分。」

顧日凡掏出鑽石戒指給洋婦看，洋婦看過後說：

「這是我們Tiffany的戒指，內環裡面刻鑄著我們公司的標誌，鑽石顏色屬於『N』級別，微透淺黃，車工精細將鑽石切割成心型，發出亮彩。」

「但鑽石可能是假的嘛？」

「這樣吧，你摸它一下你感到它是冰涼，還有一個方法讓我證明鑽石的真偽。」

洋婦說完後叫助手盛一杯水出來，她從櫃檯拿出另一只閃耀的鑽石戒指，將二只戒指放進水裡，顧日凡那一只閃爍生輝，發出彩虹般的光芒，另外一只光豔盡失，如同常石。

「啊，這只戒指多重？」業成問。

「讓我查一下。」

洋婦走到櫃檯查單子，不一會說：

「戒指是這個月x日賣出，重量是二十五份，即四份一卡，我們發出了寶石驗證證書。」

「豈有此理，這個渾蛋，我叫他買一顆三份一卡的鑽石戒指，他竟然賣一顆小一號的鑽石戒指騙我，我要回去跟他算賬。」業成怒道。

「謝謝你，再見。」顧日凡取回戒指說。
「不用謝，請再來惠顧，再見。」洋婦禮貌地說。
「再見。」業成不忘說。
業成優雅地步出店鋪，顧日凡裝模作樣謙遜地跟著後頭。
兩人跳上電車，業成問：
「你怎想到是鑽石？」
「酸枝木床靠有幾道刮花的痕跡，新姨娘雙手綁在床靠上，只有世上最堅硬的鑽石才能刮花結實的酸枝木。」
「從購買的日期證實這顆鑽石戒指是爹買給新姨娘，下一步你打算怎做？」
「直接偵訊你爹。」
「憑什麼？」
「就憑這顆戒指。」
「我害怕爹會反臉。」業成露出憂心忡忡的表情說。
「這就是封建社會，父權是不可以挑戰，父祖長輩做了錯事、壞事，子孫也不可以言明指出勸告，只能愚孝地承受後果帶來的苦楚。」
「這是我們幾千年一代傳一代的道德枷鎖。」
「你真是西洋頭，華人心。我不會傷害你們父子感情，我們兵分二路，我去見你爹，你回去醫院問安達臣教授，解剖無頭女屍的結果。」
業成如奉綸音佛語滿口應承。
顧日凡和業成來到文咸西街伍家的商鋪，剛巧松齡正送他的外地客人出門，顧日凡兩人恭恭敬敬等候，客人看見說：
「伍老闆，真有你的，英國人的買辦也來巴結你。」
「那裡，那裡。」松齡諂媚地笑著說。
待客人走遠，松齡瞬間板起臉對著業成說：
「你來幹什麼？」
「伯父，請看這個。」
顧日凡打開掌心給松齡看了鑽石戒指一眼，迅即將戒指收回口袋裡。
松齡臉色丕變說：
「我們到永樂碼頭談。」
業成離去，松齡和顧日凡來到省港客輪碼頭，碼頭空著，售票處關上門，售票窗子掛著客輪開航的船期和售票時間，兩人走到碼頭的盡頭，沒有半個人影，望著三角碼頭那邊熙熙攘攘的情況跟這裡成強烈對比。
「伯父，你要不要知道我在那裡找到這顆戒指？」
「你儘管說來聽聽。」

「那會嚇你一跳！」

「別囉唆，快點說。」

「是在『百姓廟』的神案底找到的。」

「你不要嚇唬我，報章說那一具無頭無臂的女屍就丟在那裡。」

「我猜你看漏了眼，報章細節報導分屍的地方也許就在『百姓廟』內，兇手殺死受害人後，把屍體抬到『百姓廟』時無意中將戒指掉落在神案底，然後將頭和雙臂切下，掩飾了死者的身份。」

「你想怎樣？你想勒索我要錢？」松齡凶巴巴地說。

「非也，伯父，冷靜點不要激動，我不會出賣好朋友的老爸，我只想知道真相，你告訴我後，我保證雙手奉還鑽石戒指。」

「什麼真相？你想知道什麼？」

「從你納妾當晚返家進入房間開始。」

「我進入睡房想要亮燈卻亮不著，摸上床完事後睡到半夜，太姨娘將我叫醒，亮著客廳的電燈，她倒了一杯濃茶給我醒酒，跟著她冷冷地說『出了事啦。』」松齡沉吟了一會說。

「唔。請繼續。」

「我問她出了什麼事？她二話不說拉我到後花園去，我們藉著滿月的亮光來到荷花池，池裡有一個紅衣女子仰臥，上半身全淹沒在水裡，赫然發覺那女子正是新姨娘蘭英，我拉她上來發覺她身體冰冷，伸手抹她的鼻孔全無呼吸，問太姨娘如何發現她，她說『太老爺吃了福壽膏神遊回來要吃鹹雞做宵夜，下人都回房裡休息我只好親自到亦乎軒的小廚房去拿，走到這裡給東西絆倒，見有人倒臥在荷花池，翻她過來看發現是新姨娘，死去多時。』」

「之後怎樣？」

「我當時的頭很重，昏昏欲睡，只聽到太姨娘不斷數落我說『她根本就不想嫁你，你強拉她回來，強姦了她，她必然是個性情剛烈的女子，不堪受辱，思前想後，投水自盡。若傳出去，洋鬼子警察上門調查說你強搶民女、迫害良家婦女，伍家的家聲也給你敗壞了，到時伍家休想在南北行商場立足。』」

「我很想睡根本無力抗辯，只問她如何善後，她回答我說找人幫手，還教我這二天把房門鎖上，假裝將新姨娘鎖在房間裡，過二天才放風傳播出去新姨娘偷跑了。」

「哦。」

「後來我回房睡覺直至隔天中午，出門時我按照太姨娘的吩咐鎖上房門，家中一切如常，除了太姨娘裝作大吵大鬧訴說喜兒逃跑了，我想太姨娘找了喜兒處理屍體，事成後答應放她走。過幾天報章報導『百姓廟』發現了一具無頭、無臂的女屍，我心裡想太姨娘做得真周到。」

「我明白了。」顧日凡說過後，雙手奉還鑽石戒指。

松齡收回戒指後匆匆離去。

顧日凡前往雅麗醫院。回到醫院，業成對他說：

「無頭女屍的驗屍報告已經完成，女屍的胃部、肝臟積存了大量嗎啡、可卡因和罌粟堿，令呼吸中樞受到壓抑，嚴重缺氧導致昏迷不醒。」

「那是鴉片中毒的徵兆，死者在短時間內吸入大量鴉片煙霧或直接吞食鴉片膏，引致急性中毒包括心跳減少、低血壓、體溫下降、瞳孔縮小，繼而呼吸中樞麻痺昏迷過去，若能及時做人工呼吸當可保命，要是其他人就手旁觀，死者會失救而死。」

「其中可能是其他人見她昏迷後，誤以為她死去，活生生將她割喉放血將她殺死，割下頭顱和雙臂隱藏死者的身分。還有爹怎樣說？」

顧日凡告訴業成所知。

「爹被太姨娘耍了，喜兒的證詞證實新姨娘沒有被殺，太姨娘故弄玄虛設計了爹，使他相信是他逼迫新姨娘投水自盡而死，杜絕了他追究新姨娘的去向。那麼無頭女屍是誰？」

「太姨娘是案件的關鍵人物。我們回到最先的情景，在茶樓的二樓我們看見了新姨娘蘭英姑娘與招敬斌眉目傳情，接著招敬斌盯看太姨娘和她的姊妹愛銀，還跟著她們回到伍家。」顧日凡拿出記事簿查看說。

「下一個情景是雅婕大姊和雅婷回家看見招敬斌在伍家門前等候，雅婷說招敬斌盯著太姨娘的姊妹愛銀。」

「那只是雅婷的錯覺，招敬斌看的是太姨娘。」

「你的意思招敬斌看上了太姨娘？」
「不是，是太姨娘感到被盯梢了，受到威脅。」
「為何這樣推斷？」
「太姨娘在茶樓與招敬斌初次相遇後，招敬斌跟蹤她們，太姨娘心裡反感。之後在伍家門前又看見招敬斌，看見雅婕大姊拿著聖經與招敬斌傾談，知道兩人相識，雅婷有一句證詞是『太姨娘拉著雅婕大姊到前花園問話。』極有可能太姨娘被盯著心情不爽，向雅婕大姊打聽招敬斌是什麼人？」
「那麼招敬斌認識太姨娘囉，他倆又是什麼關係？」
「我們去問婕雅大姊。」
雅婕的獨立小屋在西摩道，離妍玥姑媽的房子不遠，雅婕大姊的丈夫約翰是英國人，在匯豐銀行當經理，雅婕婚前教小學，婚後專心持家只當點兼差教學，有空時到教會幫忙。兩人來到時雅婕大姊剛送一位白髮蒼蒼，打扮平凡的洋老太太出門，老太太見到業成旋即問：
「這位紳士是否羅拔臣太太的親戚。」
「不是，他是我的堂弟叫業成，彌敦太太。」
「長得真像啊，好像一個模子印出來。」
「英國人都長得很相似，彌敦太太。」
「怎會呀？每個人都長得不同，鼻子、眼睛、長相都不一樣，皮膚頭髮也不一樣，身高體重也不一樣。」

「彌敦太太，你不是說要抓緊時間去探望你的侄孫嗎？」

「哎呀，我差點忘了，再見。」說過後急忙跑到對面街去。

「雅婕大姊，剛才那個老太太是誰？」

「是教友，一個極愛說話的老太婆，只要打開話匣子就說過不停，若不打斷她，她會沒完沒了說下去，直到海枯石爛。是啊，你們找我有事？」

顧日凡道明來意。

「那天黃昏我去找媽媽聊天……。」

「媽媽？」

「我指是藕媽媽，我小時候習慣叫她媽媽，一時改不了口。」

「你跟藕夫人感情很好？」

「是啊。不過好像跟你的問題不搭調。」

「對不起，打岔了。」

「太姨娘在書齋前等著，看見我立刻拉著我在耳邊說話，雅婷很機靈地走開。」

「太姨娘說了些什麼？」

「她問我怎麼會認識那個野男人？我想她指招敬斌，我回答她說他是我的教友，是一個非常虔誠的基督徒。」

「跟著怎樣？」

「太姨娘面露慍色說『那個野男人是色情狂，前二天跟蹤我和我姊妹回家，今天又盯梢我們，我看他一定心存歹心。』我回答說『他不是野男人，他有名有姓叫招敬斌，有正當職業，不是色情狂。』這時太姨娘臉色突變發白，按著肚皮想要吐的樣子，我問她怎樣，她一味說『腹脹胃痛，痛得好厲害。』過了一會回復本色說『看他一臉輕狂無賴地看著愛銀的樣子，那有正當職業？他在那裡工作？住在那裡？你不要相信他的鬼話。』我有點惱隨即回答她說『他在聖安多尼教堂當總務，住在那裡的宿舍。』她還是不滿意說『我還是叫門房朱伯多點留神，不要放他進伍家大門。』她說過後立即跑出去，這是她咄咄逼人的另一面。」

「太姨娘用激將法騙你說出招敬斌的來歷和住處。」

「你分析得很對，果然如是。」雅婕凝神想了一會說。

「太姨娘什麼時候嫁入伍家？」

「太姨娘十多年前嫁給爺爺做妾，當時她二十多歲，青樓出身，最初家裡的人沒給她好面色，尤其是媽……藕媽媽，我常跟她說世人在主面前，眾生平等，她愛恨分明，就是聽不入耳。」

「藕夫人跟雅婕大姊大相逕庭。」

「就算親如姊妹也大不同，何況是我倆只是何家的親戚。」雅婕淡然說。

「太姨娘的人怎樣？」

「太姨娘交際手腕不錯，很會做人，懂得討好上面，籠絡下人，慢慢人際關係變得不差，是爺爺的心腹。」

「那麼藕夫人呢？」

「藕媽媽在伍家的地位超然，爺爺也很敬重她。」

「為什麼藕夫人會嫌棄雅婷？」顧日凡問。

雅婕責備地看了業成一眼說：

「我也不知道，想必各人有各人的緣份吧。」

雅婕露出興趣缺缺的樣子。

「雅婕大姊也累壞了，我們走吧。」業成打圓場說。

「你們吃過晚飯才走吧，約翰快要放工回來。」雅婕客氣地說。

「不要客氣，不用啦，雅婕大姊。」

「我們想拜會伍敬斌，雅婕大姊，可否給我們介紹？」顧日凡忽然說。

「前幾天他問我看完那本舊版聖經沒有，我說仍想多看一會，你們替我歸還聖經，當是我的介紹吧。可是，為什麼要見招敬斌？」

「我也是一個非常虔誠的教徒。」顧日凡臉不紅、耳不赤說。

第十一章

兩人在一間廣東小館子吃過晚飯，踱步到位於般含道的聖安多尼教堂，通傳過後，門房領他們到一間離男童宿舍不遠的獨立平房，一個二十四、五年紀的青年在門口等候，相貌端正的臉有幾處瘀傷。

「你好，我是顧日凡，他是伍業成，雅婕大姊的堂弟。」

「你們好，我是招敬斌，我見過伍先生，謝謝你們送還聖經。」

招敬斌木然地說過後，擺出一副送客的姿態。

「招先生，我有一事請教，關於聖經的問題。」

「二位，請進來才說。」招敬斌換了一副親切的臉孔說。

房子不大，頂上吊住一盞泛出暗黃色的電燈，一個小客廳，家具很陳舊，幾把椅子，木枱上放著書本聖經，還有一個銅製的耶穌釘在十字架的鑄像，只有一個房間，門關得緊，招敬斌端上清茶，主客各坐下，顧日凡低聲說：

「我犯了七宗罪其中之一條。」

「只要誠心懺悔，主會寬恕你。」

業成驚嘆顧日凡說謊的超能耐，只得聽他胡謅下去。

「我開誠佈公，事情由我愛上一個女孩子開始，這個女孩跟隨親人來到香港幹活，我們一見鍾情，誓言非卿不娶，非君不嫁，可是她的親人為了金錢要將她賣到妓院，這亦是帶她來香港的目的，我們相約逃亡，她的親人發現了，拆散我們，打傷了我，教訓了我一頓。」顧日凡停下來不說話，望著招敬斌臉上的傷痕。

「後來怎樣？」招敬斌黯然看著他問。

「這時候我剛巧遇上出賣了我的親人，他訴說了他的悔咎，可是我仍然恨他當年遺棄了我，不顧而去，他的出現是在我的傷口上灑鹽，加深了我的痛苦，我將他唾棄不理。」顧日凡又停下來看著招敬斌。

「真是一個淒涼的故事。」

「有一天晚上他突然來到我家，我不知道他怎樣知道我住在那裡，我拒絕見他，他在門外只說了一句話『你要不要救你的女人？』我內心不斷掙扎，最後投降開門問個明白，他說女孩賣到他家做妾，今晚就要成親，我聽了很激動問他有什麼辦法救出女孩，他說他已經安排好了，他叫我當晚三更時份到他家的後門等候，以敲門聲的次數作暗號，到時還給我一個清白完整的女孩，不過他要求我為他處理一件事情，我問他是什麼，他說他會告訴女孩。當晚我依約去到他家的後門，一切很順利，直至我發現我要處理的事情，嚇了一大跳，那裡陰森恐怖，鬼影幢幢，我仍然硬著頭皮，心裡不斷對聖母瑪麗亞祈禱，顫抖抖辦妥這件事情。」

招敬斌握緊了拳頭，面無表情說：

「我也告訴你們一個故事。」

這時候房間的門打開了，一個苗條清麗的女子走出來，親密地坐在招敬斌旁邊，握著他的手輕輕地說：

「敬哥，讓我們一起面對，一起扛起責任。」

「蘭英姑娘，你好。」

蘭英的表情納悶。

招敬斌娓娓道來：

「十多年前廣州有一個小男孩自小與他的親人相依為命，他親人的工作很古怪，傍晚上班，三更半夜才回來，第二天睡到日上中天，有時他從書塾上堂回來他還在睡，到黃昏又打扮得漂漂亮亮出門，男孩漸漸長大，從鄰居的風言風語一知半解。當男孩六歲，他的親人帶他到一座教堂，裡面除了有穿著整齊的大人外，還有許多不同年紀的男女小孩，他的親人對他說『裡面有許多孩子跟你玩耍？你喜不喜歡？等一會有人帶你進去，你以後就住在那裡，我走了，我要到別處過我的生活。』就這樣他把男孩遺棄在廣州教會開辦的孤兒院，男孩在孤兒院長大，神父和修女對孤兒都很好，可是男孩的內心始終是一個沒人要的孩子，孤單寂寞，後來教會派遣長大的男孩到香港工作，男孩努力工作，但是遠離故地，心中倍感寂寥，每到假期總會搭上幾個小時的火車回廣州看朋友，第二天又搭乘夜車回香港，直至到男孩遇上了女孩，才感覺生命有了意義，這是你故事的上半部。」

「招先生，你何時知道嫣紅姨娘是你媽媽？」

「在大笪地。我收藏了她和我合照的照片，每天都拿來看，我一眼就認出了她，她保養得很好，依稀仍然是舊時容貌，可是，她認不得我，我跟著她知道她住在那裡。在我跟蘭英相約逃亡的黃昏，我想再看她一眼才離去，特意藉口送聖經給雅婕姊妹在伍家門前等她，我看到她生活無憂已經心滿意足，當晚我和蘭英逃亡事敗被毆打，她前來相認，我將失去蘭英的怨忿發洩在她的身上，往後幾天我自怨自艾，回復以前陰暗抑鬱的日子。」

「跟著嫣紅太姨娘在一個晚上突然到來找你。」

「顧先生，給你猜中了。不過，我一看見她就抱著她哭起來，哭掉這十幾年的眼淚和哀悼失去蘭英的痛苦。」

「男兒有淚不輕彈，只是未到傷心處。」

「不要丟書包打岔了。」

「我媽任由我哭，沒有任何安慰，這是她冷漠的一面。她讓我哭夠後，說蘭英被賣到她家做妾侍，她已經想到方法迎救她讓我們團圓重聚，她告訴我當晚半夜三更初響過後，在伍家花園後頭那條溪水出口處的小鐵門敲打做訊號及帶一條堅勒的長繩，接著她要求我將一具無頭的屍體掉到『百姓廟』，我吃了一驚問她那是誰？是否她殺害的？她說『你不用知道她是誰，總之不是我殺害她的。』我沒有太多考慮就答應她了，我為她做這件事並不是做交易談條件，她是我的媽媽，我這樣做是否很傻？」

「不，敬哥，你是愛她而為她做那一件事情。」

「蘭英姑娘，你們怎樣運送那具屍體離開伍家？」

「媽紅婆婆之前已經告訴我整個計畫，當松齡老爺回房間後，我們將屍體搬到溪水出口的小鐵門，發覺屍體的雙臂太礙事，卡在小洞口不能通過，我們只好當場將雙臂切下才能運出去，我脫下衣服包著雙臂吸掉血污。」

「跟我們想的不一樣。」

「你又怎樣逃出去？」

「敬哥將那一條長繩綁緊在牆外的大樹，拋越高牆，我是攀繩逃出伍家。」

「行嗎？」

「我懂得走軟索嘛。」

「哎呀，我在大笪地看過你矯若游龍的身手。」

「顧先生，你怎樣想到是我們？」

「要是蘭英姑娘不是死者，她一定是共犯，我順藤摸瓜想到你。」

「你們以後打算怎樣？」

「原本我們預備處理屍體的第二天晚上搭船到廣州，處理好廣州事務再搭乘輪船到新加坡定居，那裡也是英國殖民地，有我們教會的關係。」

「啊，為什麼還未走？」

「我要多留幾天將工作交接給下一手，我們明晚搭乘輪船到廣州。」

「到廣州的航班也不太頻繁啊。」

「只有星期三和星期六晚上十一時才有船期。顧先生，能否給我一個通訊地址？等你們調查到真相後再寫信告訴我，我很擔心媽媽。」

「真是好兒子，你也寫你在新加坡的通訊地址給我吧。」

兩人交換地址後，顧日凡說：

「祝你們幸福，結婚別忘寫信告訴我們，讓我們準備賀禮。」

「謝謝你，不用客氣。」

招敬斌往書架找了一本聖經交給顧日凡說：

「顧先生，請你接受這一本舊版聖經，希望你能在從中得到主的指引。」

顧日凡謝過後與業成離去。回家途中業成問：

「明天我們去找太姨娘算賬？」

「不，後天才去吧，等伍敬斌兩人明天安全離開香港，嫣紅太姨娘才心甘情願告訴我們整件事的真相。」

「伍敬斌會否跟太姨娘聯絡上？」

「我想他們也希望見面訴說離情，但是為了避人耳目，他們不會相見。」

二天後的早上，顧日凡約了業成在伍家後花園的「菡秀水榭」等候，算準了太老爺吃過福壽膏後打盹，太姨娘下來走動聊天，業成特地吩咐下人搬了一張八仙桌和椅子到水榭，備了香茶和幾樣點心小吃。業成看見太姨娘和壽兒下山，走到『不準過橋』等候。

「太姨娘，早安。」

「哎喲，業成少爺，為什麼特意前來問好？真是折煞老身啊。」太姨娘像唱戲地說。

「是有事請教太姨娘。」

「壽兒，你到李裁縫那裡問我的新裙子做起了沒有？」

壽兒領命離去，太姨娘跟著業成走到水榭。

「太姨娘，早安，請上坐。」顧日凡忙不迭起身說。

「挑了這個地方說話，真是法不傳六耳。」太姨娘從容坐下說。

「太姨娘莫非懂得讀心術，能看穿別人的肚腸？我也打開天窗說亮話，招敬斌先生與蘭英姑娘昨晚已經離開了香港。」

「不要賣弄口舌，你們查得到他們，也必查得到喜兒的下落，你們知道的也是我知道的全部，我可沒有什麼東西能告訴你們。」

「那麼我就告訴你不知道的事情。」

「我也好有興趣想知道，請說。」太姨娘不慌不忙說。

「那具丟在『百姓廟』無頭無臂的女屍是你的姊妹，愛銀姑娘。」

「真令人嚇了一跳，為什麼她會遭逢不幸？是否前往搭船返廣州時遇害？我也要哭墳悼念姊妹情份。」

「不是，她是在伍家遇害的。」

「你不要亂說髒話污衊伍家的名譽。當天早上門房朱伯和壽兒親眼看見愛銀離開伍家，到碼頭搭船返廣州。」

「真人面前不打誑語，當天離開那個不是愛銀姑娘，是你，太姨娘。我推斷愛銀姑娘在你於伍家門前看見招敬斌的當晚已經死亡，當天黃昏她踏入伍家之後二天再沒有人見過她，就是你和喜兒在『夢蝶館』商量如何將她代替蘭英姑娘，喜兒也說沒有見到愛銀姑娘，是你跟太老爺殺死她。」

「我們兩人年老力弱，手無搏雞之力，如何能殺死她？」

「她吸食了過量的鴉片中毒昏迷，我們解剖了她的屍體發現的，她沒有離開過伍家，唯一中毒的地方就在『夢蝶館』，是你跟太老爺令她吸食過量鴉片暈倒，你們兩人以為她死了，將她割喉放血殺死她，你們活生生將她殺死，切下她的頭避免有人認出她，第二天你發現松齡伯父的新姨娘蘭英是你兒子的心上人，你就想出一條一石三鳥的詭計，既可保住蘭英姑娘的貞操、幫助喜兒渡過困境、還處理了愛銀姑娘的屍體，在喜兒逃走當天清晨，你安排壽兒去借鑰匙，你換上了愛銀姑娘的西洋長裙，露出胸口，斜戴著寬簷帽，令朱伯和壽兒看不清你的臉孔，以為是愛銀姑娘還在人世離開伍家，可是輪船在晚上十一點起航，愛銀姑娘並無需要一大清早離開伍家，更重要那天是星期二並沒有輪船開往廣州，愛銀姑娘根本沒有可能搭輪船返廣州。」

太姨娘興趣盎然看著顧日凡。

「還有喜兒逃跑了，太老爺沒哼半句，這太不合理，喜兒可是他心愛的丫頭，我推測事件跟太老爺有關，愛銀姑娘的死還有另一個可能……。」

「是什麼？」

「你還是不要知道的好。」太姨娘對業成說。

顧日凡對業成遞個眼色。

「那麼我先退下。」

顧日凡看見業成進入主樓說：

「另一個可能是太老爺吃了阿芙蓉後神志不清，錯手殺死了愛銀姑娘。」

「你怎會這樣推測？」

「喜兒說過她曾給太老爺睡過，但仍舊是處子之身，還說太老爺只能逞手足之慾，所以喜兒的身體滿是瘀痕。太老爺那方面不行了，性慾得不到滿足，情慾變態，只有傷害別人，虐待別人，看到被虐待者的痛苦才獲得性興奮，太老爺吸食過掮客的摻藥高檔鴉片後產生性幻想，對愛銀姑娘施虐，所以她的乳房佈滿瘀傷，太老爺還暴打、掐她的脖子，最後將愛銀姑娘掐暈，她的頸項留下了一圈青瘀的手印，如果愛銀姑娘只是鴉片中毒而死，就是驚動了官府，你們能夠抗辯稱愛銀姑娘是自願吸食鴉片，她沒有節制中毒而死，你們沒有強逼她，可是如果她的脖頸有掐過的痕跡，你和太老爺也脫不了干係殺害愛銀姑娘，為了毀滅證據你們把愛銀姑娘的頭割下來，等待時機將屍體運送出伍家。」

「你所說的雖不中，亦不遠已。當晚我從大笪地見過敬斌回到『夢蝶館』，看見愛銀光溜溜倒在地上，棉被覆蓋在她的臉上，太老爺赤身露體臥在她身上，面赤氣促，神志恍惚，精神散渙，認不得人，我拿開棉被一看，愛銀的臉慘不忍睹，本來是白皙漂亮的蛋臉，掙得青青紫紫，佈滿咬痕，最可怕是當中還有挖出了幾個血洞，血肉模糊，頸上一道紅痕，我摸了一下她的鼻孔已沒有呼吸，趕忙灌了太老爺飲下千年人參茶，又用清水拍打他的臉，他終於回復一點意識，看見愛銀死狀恐怖嚇了一大跳，只記得他讓愛銀吸食了附春藥的鴉片，自己吸食了揹客的新貨，吸食後很快進入忘我境界，渾身是勁，之後什麼也不記得了。」

「太老爺經常進行這種勾當嗎？」

「太老爺本來就是個色鬼，我進門以後，他一直強迫我安排年輕的女子供他姦淫玩樂，搬了上來自成一隅的『夢蝶館』後他變本加厲，對那回事沉迷得著了魔一樣，後來力不從心吃了許多春藥搞垮了身體，這幾年來只能滿足手足之慾，一直相安無事。這次老太爺明顯地嘗試了那個揹客所賣的鴉片新貨，他說當中加入了西洋特製強力配方，食後令人更快進入仙境迷幻世界，增強性能力，異常快活，太老爺食後發了瘋殺死了愛銀，後續的事情你也知道。」

「真想不到。」

「若是死了個丫頭，用幾個銅板就能打發，只要不招惹洋人給麻煩，他們懶得管華人家裡的事情，可是愛銀的死狀實在太恐怖，被人知道，太老爺那能見人，老爺子在伍家是最重要的，他的名譽關乎伍家的前途，絕不能有醜聞污衊家聲。你不要把事情洩露出去，還有，業成是姓伍的，要絕對服從，受老爺子監管，更不能妄下犯上批評半句。」

「真是腐朽的儒家封建思想，三綱五常、四倫八德被扭曲，他自己才是壞事做盡的孬種壞蛋，還要擺出一副道貌岸然假道學的模樣，迫使別人尊敬。」

「我不懂這些大道理，我只知沒有老太爺這個家就會塌下來。」

「還有，藕夫人的地位也有所不及？」

「她是女人，只是仗著何家的財富，在伍家狐假虎威。」

「願聞其詳。」

「伍家能夠發跡起家是靠鶴齡死去的傲菡夫人帶來豐厚嫁妝，後來傲菡夫人產下業勤後死去，是何家老夫人特定指派藕老妖到來照顧雅婕和業勤，她留下以後卻儼如當自己是伍家的女主人，掌管伍家上上下下的家事，作威作福直到今時今日，我百思不得其解太老爺也任由她當家作主，奉她為上賓。」

「藕夫人為何如此憎恨雅婷？」

「那隻老妖怪何止憎恨雅婷，她也憎恨我，她憎恨所有美貌的女子。」

「她對雅婕很好啊。」

「她們都是何家的人，雅婕為人心腸很好，對所有人都很好，對我也不錯，叫我姨娘婆婆，那丫頭也怪，小時候總是膩著那隻面皮打褶的老妖怪，趕著叫她做媽媽。」

「藕夫人對雅婷嫌惡總有個理由嘛？」

「那隻老妖怪是憎恨雅婷的媽媽，連帶也憎恨雅婷。山上的『夢蝶館』本來就是鶴齡讀書的小軒叫『夢蝶齋』，鶴齡用來紀念他的第二個姨娘，太老爺強佔過來加建幾棟房舍，當他的洞天福地，追龍尋仙。」

「她叫什麼名字？死去多久？」

「她就是蝶婷，她產下雅婷以後鬱鬱寡歡，時常對著雅婷傻笑痛哭，還動手打她，有好幾次她抓狂要掐死雅婷，嚇怕眾人，好好一個漂亮人兒被折磨變了個瘋婆子，慘不忍睹，太老爺見狀立即將雅婷抱過來交給別人照顧，之後蝶婷越發瘋瘋癲癲，有一天下人看她不住讓她跑了上街，第二天警察發現她跳海而死。」

「鶴齡伯父的態度呢？」

「鶴齡好像受了許多委屈，總是一副欲哭無淚的模樣。」

「那是十六年前的事情，可是這裡卻找不到年紀相當的下人啊。」

「我嫁入伍家的前一年，藕老妖霸佔了伍家後，她陸陸續續辭退了以前的下人，怕他們對她不服，這裡除了門房朱伯是舊人外，都是藕老妖重新招攬進來的，他們對著藕老妖唯命是從，不敢反抗，侍她如伍家的女主人，所謂一朝天子一朝臣。」

「你說蝶婷夫人是鶴齡伯父第三位夫人，之前那一個怎麼樣？」

「我也不大清楚，只聽得街坊嚼舌根說第一個姨娘在傲菡夫人死後沒多久嫁進來，不到幾個月就死去，口耳相傳她自己一個人鎖上房門吞金自盡。」

「哦，真的很古怪，短時間內二位夫人接連死去，死法很不尋常。」

「啊，說古怪，真的很古怪……，她明明瞧不起我們，又為什麼會……。」太姨娘墜入自己的沉思裡。

「我們？你想到什麼古怪的事情？」

這時一個臉上有一條醒目紅色鞭打印痕的丫頭奔跑到水榭，眼睛不受控地湧出淚水，對著太姨娘哭哭啼啼說：

「太姨娘，太老爺醒來了，找不到你，大發脾氣，拿雞毛撣子將我們亂揪亂打，快要打死我們了，太夫人，求求你救我們。」

「知道了。顧先生，失陪了。」

顧日凡看著太姨娘和丫頭匆匆離去，暗自嘆息，見她們走遠，走到『亦乎軒』旁邊那塊太湖石，觀賞石上大小不一，玲瓏有致的孔洞，看得著迷竟用手抓著孔洞爬上去，爬到一半時聽到業成大叫道：

「喂，你在幹嘛？這是二叔的寶貝。」
「你沒看見嗎？」顧日凡跳下來說。
「唉，真管不了你，常常作出瘋瘋癲癲的行逕。事情怎樣？」
「我們出去再說。」
兩人邊走邊說，顧日凡原原本本告訴業成，業成聽後說：
「儒家所提倡的等級名份教化演變成華人永恆的精神枷鎖。」
「君為主，臣為從；父為主，子為從；夫為主，妻為從的思想，是產生愚忠、愚孝的愚民根源，三綱五常被野心家及壞心眼、執拗的長輩利用做專制統治工具，壓抑了人們的自然慾求，阻礙公義的伸張，形成了華人只服從唯一的權威，人們的思想受到箝制不能自由發展，禍延無窮。」
「我們就是生活在這樣的社會，明知爺爺殺了人，我什麼也不能做，只能合上嘴巴盡孝。」
「不要悶在心頭，我們去接雅婷放學，慶祝暑假開始，順便找些樂子吧。」
兩人杵在煤氣燈旁又被路過的女生暗中窺視，說長道短，雅婷見到他們蹦跳過來說：
「業成哥，顧大哥，你們真好啊，接我放學。」
「知你開始放暑假，要不要去那裡玩？」
「業成哥，為什麼拉長了臉孔？又給伯父責罵？」

「沒什麼。你們最近有什麼新聞？」

「連前陣子那個色魔也消聲匿跡，同學美霞還未畢業被家人嫁掉，再也沒有什麼刺激的新聞。不要說這個啦，有什麼玩樂的好點子？」

「我們有多個選擇，到中環看默片、去銅鑼灣『渣甸山』坐吊車、還是坐太平山纜車到山頂看維多利亞海港和日落？」

「上山頂吧，我們到開業已久的『山頂酒店』喝英式下午茶嘛，之後上山散步看自然山景、山下城市和維多利亞海港美麗的景色，晚上還可以看夜景啊。」

「好啊。」業成感染了雅婷歡樂的氣氛開朗地說，兩人牽著手走在前，顧日凡被拋離在後頭，踽踽獨行。

他們走到皇后大道剛巧有一輛出租馬車經過，三人跳上去吩咐駕車的到中環登山電車站，經過海邊的怡和洋行和顛地洋行，很快來到美利樓車站，今天不是假期乘客不太多，車廂是木材製造塗上棕色油漆，可坐三十人，前面兩個座位是預留給港督，中央設有廂房是招待貴賓的頭等，後面二等是敞開的條狀木椅，他們選擇了二等，每位車資二角，登山電車由燃媒產生的蒸氣推動，從山下車站爬升到山頂總站高約一千二百英呎，坡道成二十七角度，開車後像倒爬溜滑梯，人也不由自主向後挨，過了梅道車站後景色豁然開朗，以陡峭的角度俯瞰山下風光，十分震撼，登山鐵道全長不到一英里，只需十多分鐘到達山頂，車站對面是一間草棚屋，停放轎子和轎夫休息，居民上山後轉乘坐轎子回家。

三人出了車站向左轉，往前走幾分鐘來到「山頂酒店」，酒店建在一個小山岡上，主樓是中西合璧的四層樓、外觀如盒子的建築物，每層樓由多條方型的立柱支撐，分隔成一個個整齊的長方型圖案像火柴盒，四平八穩顯得穩重，門僮敞開大門請他們進入，大堂經理看見業成拉開笑臉，殷勤地領他們到左邊的咖啡廳，三人選了一個近窗子的座位，向外望看見薄扶林水塘一泓清流和不遠處光禿禿、大石滿佈的博寮島，雅婷作主點了英式紅茶和下午茶點，不一會服務生端來紅茶和一個放滿糕點的三層架，雅婷說：

「第一層有我最愛吃的小黃瓜三文治，第二層有業成哥喜歡的司康餅，顧大哥，你喜歡那個？」

「我喜歡第三層的小蛋糕。」

「我們各有所愛，不用你爭我奪。你們最近忙怎麼？只見你們團團轉，是不是忙著找尋喜兒？找到沒有？」雅婷一邊說一邊很有儀態小口地吃三文治。

「沒有啦，我們跑過許多地方也找不到，喜兒可能返回內地去。」

「喜兒是否如太姨娘所說，偷走了她的銀元金飾跟外地人跑掉了？可是，太姨娘為什麼不報警啊？」

「你怎知道沒有報警？」

「家裡的下人說沒有警察上門調查。」

「好事不出門，壞事傳千里，家醜不出外傳，這是華人傳統的思維，跟英國人的法律不一樣，你在學校有沒有學英國的法治精神？」

「有啊，在公民課有學過，英國人的法治精神在於司法獨立、三權分立，三權分別是立法、執法和司法，還有軍隊屬於國家人民，不屬於任何政黨，報章是監察政府的獨立個體。」

「是的，三權分開，互不干擾，互相制衡，尤其是司法，司法機構獨立於立法和行政之外，每一個法官審案都是獨立的，法官只對法律忠誠，法官沒有任何主人，包括英國元首或君主，英國人的法治理念是尊重及保護公民的權利，沒有人是超然，只有華人當權者認為自己是超然，超然於人民和法律之上，自古以來華人所謂的法治思想是為政權服務，設法令統治者延續權力，逼迫人民做順民為當權者犧牲，人民的福祉、自由、權利不受重視，更甚者置諸不理。」

「顧大哥，你真好學問，有沒有一些輕鬆點不太嚴肅的話題。」

「好吧，我告訴你一件有趣的法律案件，事件發生在幾年前的新界，當時英國人剛租借新界，話說很久以前有一宗族的一戶族民為死去的兒子娶新娘，當時用一隻簪花掛紅的公雞代替過世的兒子拜堂成親，還在親戚當中過繼了一個男孩子給入門的媳婦做兒子，沒幾年，公公死了，三婆孫相依為命靠著幾塊瘦田務農為生，直至兒子十八歲長大成人，媳婦向宗族的族長要求取回死去公公和丈夫應得的土地財產，族長及其他長老欺負他們孤兒寡婦，斷然拒絕，還說『那個媳婦只是嫁給一隻公雞，沒有嫁給死者，媳婦的合法丈夫是一隻公雞。』

雙方僵持不下，鬧上香港法庭。」

「那真的是奇案，法庭怎樣判決？」

「當時法庭翻查了英國過去的案例，並沒有婦人嫁給公雞的前例。」

「那怎麼辦？三婆孫豈不是眼睜睜平白給人奪產。」

「那又不是。」

「顧大哥，不要賣關子啦，快點揭盅吧。」雅婷嘛著嘴說。

「最後法庭引用普通法，普通法的原則是約定俗成，是原始法律的基礎，法庭依據華人的風俗習慣，參考了華人法律專家的意見，指出公雞拜堂成親是廣東省民間婚俗的普遍現象，為社會承認的婚姻，是有約束力的契約，法庭宣判媳婦嫁給公雞是一宗合法婚姻，媳婦是死者遺孀，過繼的兒子是死者的養子，有承繼遺產的權利，法庭最終諭旨雙方庭外和解，最終三婆孫取得部分的遺產。」

「真是曲折離奇。」

「時間也不早了，我們上山看落日景色。」

他們結過賬走回車站，在草棚屋右側的小路上山，太平山又叫「扯旗山」，高約一千八百英呎，是香港島最高的山峰，山上盡是富貴洋人和政府官員的獨立房屋住宅，還有港督的山頂別墅，三人走到半山一處平地瀏覽風光，隔著維多利亞港是九龍半島，海港二邊的建築物櫛比鱗次，半島的後半部分是田野，只有零星錯落的房屋，群山環抱，中間平坦，形狀像一只大盤子，東面是鯉魚門的窄水道，西面是廣闊的大海，一輪橙黃色的落日染紅了天邊的浮雲，餘暉照在海面上閃閃發光，太陽隱沒在大嶼山後，倏地不見了，三人藉著微亮的天色下山，回到車站大地已經由暗黑掌管，山下又是別有一番景致，海上漁火閃爍，二岸及半山散布疏落的燈光，如一顆顆夜明珠點綴在幽幽的黑布上。

「業成哥，那裡是我們的家？」雅婷向山下亂指。

「爐峰山下，是我們的家，吾愛吾盧。」

「我們就在這一塊借來土地，借來的時間建立奇蹟吧。」

三人並肩欣賞太平山如斯美麗的夜景。

第十二章

第二天顧日凡和業成回到雅麗醫院實習，早上忙著跟在教授背後到病房看病人，下午在實驗室喝著咖啡磨蹭聊天，顧日凡說：

「你還要不要追查你身世之謎？」

「我覺得很矛盾，若是查下去我覺得對不起伍家，不去查個清楚又不甘心。」

「你還是去調查吧，這是你人生一件大事，不要懸在心裡。」

「唔，你說得很是。」

「你記不記上次我們到雅婕大姐家裡碰到那個彌敦太太？」

「那個多嘴的老太婆，她說我很像某人，問雅婕大姐我是否羅拔臣家的親戚。」

「她就是一條線索，可是怎樣聯繫到她？」

「她是教徒，跟雅婕大姐屬同一個教區，她們星期日會到花園道的『聖約翰座堂』做彌撒，感恩禱告。」

「明天是星期日，我們到那裡找她。」

「我們在教堂門外等她好了，我家是燒香拜佛的。」

「你中了毒。」

第二天業成兩人離開座堂較遠處等候彌敦太太，還躲在一叢樹後做掩護，當彌撒完畢，座堂門口擠滿了人，彌敦太太穿著一件洗得殘舊變黃的米白色長袖連身長裙，頸部和袖口的蕾絲像枯萎了的花瓣，她混在人群中拉著雅婕說話，雅婕似乎趕時間不斷敷衍她，彌敦太太放走雅婕又跟別的老太太說話，待所有人都離去彌敦太太孤零零一個人留在座堂門口，百無聊賴，業成跟顧日凡跑過去，顧日凡裝成很失望說：

「哎喲，我們來遲了，錯過了彌撒。咦，你不是彌敦太太嗎？」

那個老太婆瞇著眼茫然看著他。

「彌敦太太。」業成及時走在她跟前。

「啊，我認得你，你是雅婕的堂弟，他是誰？你的僕人？」彌敦太太指著顧日凡不屑地說。

「不是，他是我的醫學院的同學。」業成忍著笑說。

「現在是什麼時代？竟然讓支那人上醫學院，在我們剛來香港的時候這種事情絕不可能發生。」

「彌敦太太，你要上那裡？」

「我剛聽完佈道，回家吃午餐。」

「我也有點肚餓，我有榮幸請你吃午餐嗎？讓我聽一下大英帝國的輝煌歷史。」

「我不會去那些齷齪的支那館子。」

「我們到『香港酒店』的餐廳吧，他們的蔬菜燉牛肉酥軟美味，還有英國蜂蜜起司蛋糕，香甜滑溜，入口溶化。」顧日凡插嘴說。

「那還差不多。」

「請，彌敦太太。」業成抬起左手的臂彎，彌敦太太很自然用右手勾住，將顧日凡無情地留在後頭。

他們點過午餐，侍者很快端上土豆胡蘿蔔南瓜湯，接著送來蔬菜燉牛肉，彌敦太太看得雙眼發亮，急不及待大快朵頤，發出唔唔的聲音，好像很久未曾吃過肉一樣。

「彌敦太太，這個菜跟你在倫敦比較怎麼樣？」顧日凡看見她吃得差不多問道。

「未及倫敦做法正宗，也算不錯囉。」

「彌敦太太，你是什麼時候來到香港？」

「我是五十年前來到香港，當時我還是一個漂亮的小姑娘，是維多利亞女皇當政的時代，也是大不列顛帝國最強盛的年代，女皇雄材偉略，在世界開拓了不少殖民地，我是響應女皇的號召來到香港發展殖民地，我為我們的女皇感到驕傲，大英帝國移山填海，興建道路房屋，地下去水道，改善衛生，將香港改變為自由港，繁盛的貿易商埠，遠東的小倫敦，是女皇桂冠上的一顆耀眼的珍珠，天佑我皇。」

「彌敦太太如何認識彌敦先生？」

「我跟哥哥一起到來香港，經一個有地位的英國紳士保薦，我哥哥當上警察，那是一份神聖的工作，靠著神的指引他幹很稱職，維持香港的治安，受到別人的尊敬，我在家裡閒得發慌，央求那個紳士給我一份兼差打發時間，我可是家裡的天使，他介紹我到一個上等家庭跟主人的小女兒作伴，在那裡我遇到保羅，我的丈夫，他也是英國人，我瞧不起那些二等的歐亞人，不會跟他們來往，當時保羅是僕役長，主人和夫人都很信賴他，後來我倆結了婚，剛巧老管家年老退職還鄉，主人升他做管家，給他月薪五十英鎊，還讓我們住進大宅，我有時也幫忙管理大宅啊。」

「你們一定過著幸福快樂的生活，你們有幾個孩子？」

「保羅對我很好，現在我在山上住的屋子都是他攢錢買的，不過，他去世後，我唯一養大的兒子叫阿爾拔，他喜歡自由自在的生活，當上了水手，一年也沒有幾天在家，屋子顯得太大也很冷清。」

「你一定很寂寞啊。」

「是啊，不過上帝跟我同在，我不會孤單，還有我的姪女時常來探我，她住得很近，她爸爸一手促成她的婚姻，把她嫁給一個警察，生了三個頑皮的小孩，一早到晚都在忙東忙西，她真的是名副其實家裡的將軍，想當年她是一個反叛的女孩，整天為男孩子神魂顛倒，糊里糊塗，尤其是和一個長得跟你一模一樣的男子走得極近。」她望著業成說。

「不會吧，真的有那麼相像嗎？他是一個怎麼樣的人？怎麼會跟令姪女相識？」

「我想那可是主的安排，特意用來測試安祖娜的靈魂，警剔她要保持貞潔和她的清白之軀，那個男子叫阿朗・羅拔臣，是主人一個朋友的兒子，有一天他一家人到來探主人，跟主人在花園午膳，安祖娜剛巧也來找我，阿朗看見安祖娜，被她的美貌吸引，安祖娜也對他有好感，可是哥哥是一個剛正不阿、禮教道德觀念很重的人，不許女兒在婚前與男子交往，阿朗和安祖娜利用了主人的大宅偷偷見面。」

「他們豈不是天做地設的一對嗎？兩人都是英國人有同一文化背景。」

「不是啊，阿朗的外表是一個彬彬有禮的英國紳士，骨子裡其實是一個壞事做盡、下流卑劣的天生混蛋。」

「怎麼說？」

「有一次我在花園澆花，聽到他拿著一束花對安祖娜說『你看，這些花多麼嬌美啊，黃水仙含羞答答，蒲公英心滿意足，玫瑰花妖嬈撩人，三色堇的花瓣似你柔嫩神祕的身體。』我聽了這些沒有廉恥的勾引說話，不禁臉紅耳熱，立即拿著澆水瓶走到他們那裡去裝作澆花，看見他們被我嚇得臉青唇白，我叫安祖娜幫忙借機會把她拉進屋裡。稍後我向主人報告求助，主人說一番令我震驚的說話。」

「他講了什麼話？」

「他說阿朗是一個風流成性的浪蕩子，愛拈花惹草，整天流連花街柳巷，在『擺花街』的妓女集中地有好幾個老相好。」

「哎呀，你的姪女可危險啊。」

「幸好他們沒有親密的接觸，要不然安祖娜會被人鄙視為一個墮落的女性，我將事情告訴哥哥，哥哥將安祖娜關在家裡，不許她見阿朗，另一方面我懇求主人為我解困，我主人對我真好，聆聽我的憂慮後，他請羅拔臣老先生前來商量，後來阿朗絕跡主人的大宅，遠離安祖娜，我和哥哥才鬆一口氣。」

「羅拔臣老先生真是一個正直的紳士，我也好想認識他，他的家在那裡？」

「我只去過他的家一次，不記得他的家在那裡，只記得他家的鐵門鑲嵌了一個盾牌形紋章，是一隻渡鴉棲息在二把交叉的斧頭中間。」

「那是一個英國古老家族的徽號。呀，講了很久，忘記要吃甜點啊。」顧日凡說，揚手召喚侍者。

「彌敦太太，要不要嘗試這裡的英國蜂蜜起司蛋糕。」

「噢，英國蜂蜜起司蛋糕，那是我永遠不能拒絕的啊。」

顧日凡和業成在餐廳門口跟彌敦太太道別。

「走吧，我知道羅拔臣的大宅在那裡。」

「在那裡？」

「在『般含道』上面的『巴丙頓道』。」

他們叫了人力車載他們到羅拔臣大宅，途經「正街」，熱鬧非常，人頭湧湧，聽說慶祝觀音誕辰的飄色巡遊活動。

兩人來到羅拔臣大宅門前，高大的鐵門油漆剝落長滿了鐵銹，上面盾牌形的紋章退了色，渡鴉和斧頭依稀可辨，宅前的花園有一棵半枯的樟樹，荒草離離，花壇廢棄殆盡，很久沒有修剪整理，大宅外牆斑駁破裂，還印上了幾道汙染的水痕，一副破落門戶的光景。

顧日凡拉了搖鈴，過了很久仍未見人，顧日凡正想再拉一次，一個外國老婦蹣跚地走過來，滿臉疑惑看著顧日凡，看見業成露出驚訝的表情。

「日安，親愛的女士，我們是西醫院的醫科學生，正在為香港政府工作，收集數據統計有多少英國人在香港生活工作，資料將會用來製定英國人在香港利益的政策。」

「我要去問女主人，請你們等一會。」老婦說，轉身走進屋裡，過了一會，老婦跑小步走出來領他們進屋。

他們走過雜亂的花園，步上石階，二邊有騎樓迴廊，走進屋裡，客廳堆滿了打包的箱子，好像要搬家的樣子，一個頭上盤髻的白髮老婦站起來迎接他們，年紀大約七十多歲，端莊的面容，和藹可親的綠眼睛，高雅穩重的態度顯示她的出身良好，她沒有說話只是定睛看著業成，業成被她看得窘迫了。

「日安，高貴大方的女士，我們是否來得不合時候？打擾了你？要是這樣我們改天再來吧。」顧日凡以退為進地說。

「不，你們來得正好，過二天我們就要離開這裡，是我失儀。」

「人們對美好的東西都很容易著迷。」

「二位紳士，請坐。請問這位先生叫什麼名字？」老婦對著業成淺笑問。

「我叫伍業成，他是顧日凡。」

「姓伍嘛，跟伍庭芳爵士是否親戚？」

「中國人常道同姓三分親，但是我跟伍爵士扯不上關係。親愛的女士，貴姓芳名。」

「不好意思，我忘記介紹自己，我夫家姓羅拔臣，我的名字叫瑪麗亞。」

「羅拔臣太太，我們是西醫院醫科學生，為香港政府調查及統計在香港的英國人口，生活狀況，府上有多少人？」

「你爸爸是否英國人？伍先生。」羅拔臣太太答非所問說。

「我爹是華人，羅拔臣太太。」

羅拔臣太太有點失望，剛才那個老婦端上茶，放下茶，走到羅拔臣太太的耳邊說：

「這位先生真的很像少爺，尤其是他髮際中央的髮尖。」

「羅拔臣太太，看來我們走進一個奇妙的境況，你對我的朋友極感興趣，他是否跟府上某個親戚長得相似？」

「不瞞兩位，伍先生跟我死去的兒子長得十分相像。」

「不，簡直是一模一樣，只是眼睛的顏色不同，伍先生是沉實的深棕綠色，阿朗少爺是撩人的綠色。」老女僕肯定的說。

「令郎叫什麼名字？」

「他叫阿朗・賓士文・羅拔臣。」

「他為什麼會死去？」顧日凡不理會侵犯別人的私隱在這骨節眼上追問。

老婦沉吟了一會，用沉痛的聲音說：

「他是生病死的，死時三十多歲，是一個墮落天使。」

「他有沒有結婚？」

「沒有，不過他從不缺女伴。」

「他有沒有華人女伴？」

「我們是英國古老家族的後人，也是『香港會所』的會員。」

「那並不表示他沒有華人女子情人。」

「他討厭支那人。」羅拔臣老太太冷冷地說。

「他其他的女伴叫什麼名字？」

「我沒有深究。」

「羅拔臣太太你們將離開這裡回英國嗎？」業成改變話題說。

「是的。伍先生，可否留下府上的地址？以後我們能否通訊？」

「好的。」

「我也給你我們在英國的地址。」

「謝謝你。」

「伍先生，當你踏進來時，模樣像極阿朗，我還以為上天送給我一份禮物，以為你是阿朗的私生子，前來跟我相認。」

「對不起，我父母都是華人。」

「沒有對不起，是我沒有這個福份。」

「我們先告辭了，再見。」

羅拔臣太太落寞地目送兩人離去。

「業成，你可能跟羅拔臣家有關係？」

「可是怎樣能夠證明？羅拔臣老太太思念她的兒子，錯把我當作是他，人有相似嘛，血型的測試證明我不是爹的兒子，可是就算我跟羅拔臣老太太的血型同是AB型，也不能百份百證實我們有親屬關係。」

「那麼只賸下了到『擺花街』尋找阿朗的老相好問話囉。」

「爹、娘和阿朗・羅拔臣是否有關係？娘是否未嫁進伍家前已經認識羅拔臣？還是兩人在後來相遇？」

「你曾說過你娘親是師塾老學究的女兒，是貞潔女子，你外公絕不會讓你娘親跟西洋人交往，羅拔臣老太太信誓旦旦表明他們的家族不會跟華人混在一起，又確認阿朗不喜歡華人女子，他們並沒有交集。」
「我自小在家裡就有寄人籬下的感覺，對爺爺的態度耿耿於懷。」
「是怎麼樣一回事？」
「他總是對我冰冰冷冷，不親不和，好像時刻提防著我似的，有點害怕我的感覺，外公當沒有我這個孫子，只有外婆最疼我，可是她只能偷偷來看我，我的童年孤單寂寞，當雅婷漸漸長大，我們才互相有伴，那時開始爺爺對我的態度稍微有點改善。」
「很有愛屋及烏的味道。」
「你說得極是，爺爺並不真正關心我，我記得考上西醫院時，爹說家裡沒錢，叫我不要上學，也不要我到店裡幫忙，要我到外面另找工作，我跟爺爺說，他毫不在意說要聽爹的說話，讓我自生自滅，我只好對外婆婆訴說鬱悶。」
「那真的很怪耶，你家是經商的，需要自家人開拓打理業務，你爹反而叫你到外面工作。後來是怎樣扭轉乾坤？」
「外婆聽了，第二天拜訪爺爺，兩人在『夢蝶館』見面，爺爺摒退下人，連嫣紅太姨娘也遣走，不到一個鐘頭，外婆下來說『你爺爺答應你上西醫院。』幾天之後又帶我到銀行開了我的個人戶口，存了一大筆款項足夠我這幾年的學費。」
「真是神奇。」
「我問外婆怎樣辦得到？」

「她說不要想太多，這些都是你娘在泉下庇佑，你不要辜負她。」

「你娘也很神，我想跟你外婆會面，找出解開你身世之謎的鑰匙。」

「我外婆正臥病在床。」

「那更加要抓緊時間。」

「你真是烏鴉嘴。」

兩人走下陡峭的「正街」，「正街」是英國人最早開闢的地區，是西營盤中心點，向下延伸到海旁的碼頭貨倉區域，向上連接「般含道」，山上是洋人的住宅區，「正街」設有街市、茶樓、酒莊、雜貨海味店等華人商店。

一隊『潔淨局』的洗街隊伍拿著掃把、竹籃，扛著一桶桶清水，洗擦齷齪的街道和清理販賣食品攤子隨處拋棄的垃圾，當他們灑水時會隨便向外潑出，一點也不顧及街上的行人，很多人往往被他們突然其來的灑水淋個正著，衣履盡濕，狼狽不堪，就算對洗街隊的粗魯行為責罵一番，洗街隊振振有辭說他們是為公眾衛生努力工作，其他人就要及時避開，路人只能怨自己倒楣。

跟「正街」成直角的街道往下數有「高街」、「第三街」、「第二街」，「第二街」熱鬧非常，正進行觀音誕辰的飄色巡遊，飄色巡遊舊時稱走古事，是廣東民間表演，據說是太平天國被消滅，清朝嚴禁粵劇表演，廣州居民以戲曲人物造型巡遊不唱戲，以示抗議，習俗流傳到香港，將飄色巡遊改革，特點是將小孩打扮成神仙人物、戲曲角色，用鐵支架撐著，舉在半空在街道巡遊。街上擠滿了遊人，水洩不通，人們夾道觀賞會景巡遊，工作人員的隊伍燒炮仗開路，舞獅子、麒麟瑞獸領頭，後面是麻姑獻壽、劉海戲金蟾、孫悟空稱王水簾洞等吉祥人物，大家看得入迷之際，突然有人拋了一大串燃燒的炮仗到人群裡，嚇得人們雞飛狗跳，爭相走避，互相推撞，小孩女人尖叫不斷，巡遊隊伍被沖散，有人被推倒在地上，互相踐踏，場面十分混亂，最後炮仗聲停止，巡遊糾察人員即時維持秩序，讓巡遊隊伍繼續，突然有女人驚嚇地高聲嚎叫：

「救命呀，救命呀，死了人，有一個女人被殺死了。」

顧日凡和業成聽到了，立刻跑到現場，人們在街道旁退後圍成一個圓圈，他們混入人群，看見中間仰臥著一個女子，穿戴尋常衣物，細看才知是手工精細的服裝，烏髮素顏，五官精緻，秀美異常，雙眼圓睜，露出不相信的表情，胸口插著一把刀，只有刀柄露在外面，鮮血汩汩流出，將外衣染成了一朵紅暈，手上戴著一只綠得通透的翠玉戒指，對比詭異，人堆中站著一個約十歲的女孩在啜泣。

顧日凡看了一會說：

「你認不認得這女子是誰？」

「很面熟，長得有點像雅婷。」

「她是巧雲，是『洞天』的巧雲。」

顧日凡抬頭環顧是否可疑人物，瞥見一個熟悉的身影，額頭不停地滲著汗，露出扭曲痛苦的面容凝望巧雲的屍體，口中喃喃自語，繼而換上一副痛不欲生的神情，跟著到處張望，好像搜索某個目標人物，忽然與顧日凡對上視線，面露退縮的表情，抽身往後退迅速逃跑。

第十三章

顧日凡走上前觀察巧雲的臉，發現在她素淨的臉上沾了一些白色的粉末，他用指甲把它刮下來包在紙張裡，回到人群後按著那個小女孩的肩膀低聲說：

「你是巧雲姑娘的丫頭？」

女孩點頭。

「快點跟我走吧，等一會警察到來會將你拉進警察局鎖起來。」

女孩現出害怕的樣子，顧日凡拉著她就走，他們遠離人群時聽到尖銳的哨子聲，警察來到驅趕看熱鬧的人群。

他們將女孩帶到一間地道的茶居，人客不多，他們在門口找到位子坐下，眾人紛紛望向業成，業成卻指著小巷說：

「咦！那一個不是藕婆婆嗎？」

顧日凡順著業成所指的方向望去，只見藕婆婆拿著一個大包包，鬼鬼祟祟從一條骯髒的小巷走出來。

「有什麼問題？」

「看見藕婆婆在這些地方出現有點意外囉。她岸崖自高，瞧不起華人，經常口出惡言嫌棄華人地方十分腌臢，誓言永遠不會踏進華人區域。」

「我去探個究竟。」

顧日凡繞了一個圈，迎向藕婆婆走去，快要碰到她時，顧日凡誇張地鞠躬行禮說：

「噢，是否世界末日，是誰把這位高雅的女士淋得濕透？完全破壞了我心目中美好的形象啊。」

藕婆婆半邊身的衣服被水淋濕，頭髮尤其濕得厲害，髮髻被沖散，披頭散髮，烏黑的頭髮濕答答掛在肩上，見到顧日凡顯得愕然。

「都是『潔淨局』那些粗魯野蠻的支那人，他們洗街時隨便將水潑過來，將我淋濕，我罵他們，他們還不知廉恥咧嘴大笑，真是無可救藥的支那豬玀。」藕婆婆灰色的眼眸閃爍著兇光、猶有餘怒說。

「那真一件令人遺憾的事情，可是……可是？」

「我知道你在想什麼，我到山上探朋友，談得興起忘了時間，突然醒悟來還有一個約會，街上又找不到人力車，時間緊迫才會抄小路走捷徑，穿過這些令人作嘔、臭氣薰天的地方去搭電車，偏偏遇上這種晦氣的事情，我發誓以後不會到這裡來，但是我為什麼我要向你解釋啊？」

「你的包包怎麼會也全濕了？這件衣服好像是馬褂？」顧日凡指著藕婆婆的大包包露出

衣服的一角說。

「你怎麼會這樣失禮？隨便偷看別人的東西，根本不是一個英國紳士應有的禮貌，這是女子衣服的刺繡。」藕婆婆連忙把衣服塞回包包去。

「我親愛的女士，請恕我無禮。」顧日凡又再彎腰躬身道歉說。

「我不會接受你虛假的道歉，你根本無意道歉，我懶得跟你這個無禮傲慢的傢伙說話。」藕婆婆說，摟著大包包毫不猶豫跑到對面街去。

顧日凡看著她腰桿挺直的背影若有所思，他想了一會，走進剛才藕婆婆走出來的小巷，真是一處骯髒地方，稱之為垃圾場也不為過，轉個彎是一處空地，四周被破爛的民房包圍，空地中間有一口水井，水井旁邊有一大灘水，其他地方被太陽曬得乾巴巴，顧日凡走上前看，發覺是一灘混濁乳白色的污水，下面有沉澱物，他折了一根竹枝，蹲在水窪旁小心地挑了一些沉澱物在手裡，感覺是黏稠的，他再剔一些沉澱物包在手帕，臨走時環顧周遭的環境，這裡可沒有別的出口。

顧日凡回到茶居，業成叫了一桌點心，小女孩狼吞虎嚥地將食物塞進口裡。

「她一直不肯說話，見到點心，雙眼發光，不停吃東西。」

「她被你的模樣嚇怕了，要吃東西定驚。」

「你真是口沒遮攔。」

顧日凡對小女孩說：

「等一會還有馬拉糕、沙翁[1]和蓮蓉飽，都是一些很甜很美味的東西啊。不過，你先要告訴我你的名字。」

「我叫阿嬌，她們叫我做妹女。」

「我叫你阿嬌吧，阿嬌，你服侍巧雲姑娘有多久？」

「一年前我爸爸將我賣到『洞天』，從那時開始我就跟著巧雲姑娘。」

「巧雲姑娘對你好不好？」

「我也不知道好不好，她心情好的時候會給我衣服、東西吃，還會給我一點錢，可是有時她從外面回來受了氣，她會不停打我，捏我的手臂，捏得我很痛又不許我喊出聲，又恐嚇將我賣給別人做童養媳，我真的很怕她。」

「今天你們為什麼會上街？」

「昨晚她喜孜孜回來跟我說明天帶我去看飄色巡遊，接著去灣仔的『洪聖廟』拜金花娘娘和花粉夫人，不過她說要是媽媽問我們去那裡，要回答只是去『洪聖廟』拜神，但是我知道她是先去見她的溫心老契[2]。」

「你怎麼會知道？」

1 炸蛋球拌白沙糖

2 心上人

「我就是知道。」

「你真的很聰明，她的心上人是否一個面團團，身體圓滾滾的大叔？」

「不是那個黃老闆，他經常來看巧雲姐，還送給我們許多禮物，巧雲姐把他迎到自己的房間閒坐，不過巧雲姐卻跑了出來跟其他阿姑聊天，隔一些時間再拿生果給他討賞錢，跟著又溜出來，獨自留他在房間，阿姑這樣待慢恩客叫做『乾煎石斑』。」

「那麼巧雲姑娘的溫心老契是誰？」

「是一個穿西服繫領帶、梳著油亮亮貼服西裝頭的帥氣老闆，他每次來到，院裡的阿姑都借故到他的跟前獻殷勤。」

「這個帥氣的老闆有沒有跟那個胖老闆一起到你們院子來？」

「有哇，他們一起來過幾趟，之後分別到來，那個胖老闆來得勤快一點，他們都是來找巧雲姐。」

「今天你有沒有看見那個好看的老闆？」

「我們從院子走路來到的時候，街上已擠滿了人，我的身量矮被那些人擋住了視線，不過，巧雲姐來到這裡時摔掉我，急忙鑽進人群去，突然有一連串的炮仗擲到我們這裡，嚇得大家左閃右避，我看見巧雲姐仍然爭先恐後在人群中穿插向前走，卻被躲避炮仗的人推回去，接著大家擠在一起，亂作一團，當炮仗聲停下來，有人大叫殺死人，我上前一看，發覺巧雲姐的胸口插著一把刀，直挺挺地死了，全程我沒有見到那個帥氣的老闆。」

「唔，你想清楚，當人們擠在一起時，巧雲姑娘前面有什麼人？」

阿嬌皺著眉頭想了一下說：

「我記得有許多人跟巧雲姐碰在一起，他們的表情很慌張，躲著炮仗怕被燒傷，只有一個戴卜帽、黑眼鏡、穿馬褂，滿頭白髮、臉皮下垂的老傢伙跟巧雲姐面對面擠壓在一起時，神情很兇，但是他們很快就分開了。」

「那一個是男人還是女人？」

「是男人吧，他比巧雲姐高一個頭，拖著辮子，可是他沒有剃半月頭，不過現在有許多男人都改留西裝頭嘛。」

「真是乖女孩，不要對其他人講這件事情，要不然他們拉你到警察局，鎖上一個禮拜，不給你吃，不給你睡，不給你上廁所。」

阿嬌嚇得面無人色。

「你何苦嚇唬她。你愛吃馬拉糕，還是沙翁？」

「我二樣都想吃，比我每天吃的綠豆海帶甜湯還要好吃。」阿嬌纔嘴地說。

「什麼？你也要吃那種東西？」顧日凡驚訝地問。

「不是啦，那些甜湯本來是每天預備給院裡的阿姑吃的，媽媽會叫龜叔逐一檢查阿姑她們有沒有吃光，巧雲姐說她吃膩了偷偷叫我吃掉，還吩咐我瞞著龜叔。」

「你吃了多久？」

「差不多半個月了。」

顧日凡之後給了阿嬌一點錢讓她搭車回去。

「巧雲姑娘在混亂中被人殺死，說不定丟進人群裡的炮仗是兇手丟的，聲東擊西借機謀殺巧雲，這個兇手真大膽，可是他怎樣知道巧雲姑娘今天到這裡來？」

「這也不難，只要在妓院附近埋伏，盯梢巧雲的行蹤。」

「兇手看見巧雲出門有很多機會下手，從妓院走路到這裡，一路有許多僻靜的地方，為什麼要在這裡動手？這裡人很多場面混亂，利於掩護，有利也有弊，這裡人多耳目也多，容易暴露身分，輕易被人認出。」

「有阿嬌在一起，在路上動手殺人也不容易，除非連阿嬌也幹掉。為什麼要選擇這裡下手呢？」

「阿嬌的供詞指那個人是男人，最有可能是愛慕巧雲的客人，阿嬌又說那是一個老人家，能夠到塘西高檔妓院花費消遣的人都是非富則貴，要打動一個貨腰娘子的芳心，只要肯花銀子就可以，就算得不到巧雲，妒火中燒，非殺她不可，也不用親自動手，只要花錢找個人代勞則成，巧雲姑娘周遭有這一號的人物嗎？」

「那個人的裝扮也恁地古怪，不倫不類，拖著辮子，前額卻留了頭髮，又戴上黑眼鏡。唔，如果這個人穿著馬褂，他的外表怪熟悉，不知在什麼地方看過？」

「還有巧雲姑娘要見的心上人是誰？」

「我知道那是誰。」

「是誰？」

「你二叔鶴齡。」

「你怎猜測到？」

「不是猜，是推測。我剛才看見你二叔見到巧雲慘死，一副痛心疾首的樣子。」

「哪不能證實鶴齡二叔就是巧雲的心上人？」

「你記不記那一次我們去搜尋喜兒，在一間酒樓看到你二叔、巧雲和那個身體圓渾的黃老闆同場出現，那個黃老闆還說『只有你二叔才能叫得動巧雲喝酒。』剛才我問阿嬌黃老闆是不是巧雲的心上人，阿嬌否定了。還有，這個時間你二叔應在店裡工作，為什麼他會開小差來到這裡飄色巡遊的現場？他是來見巧雲。」

「這樣的事情也被你推想出來。」

「這是初階推論。我們還要抓緊時間去見你的外婆。」

「你真是精力無窮，從今早見彌敦太太、拜會羅拔臣夫人到發現巧雲之死，我已經累得要命。」

「走吧，等一會你介紹我給你外婆認識後，你要迴避，我想跟你外婆單獨談話，可能會抖出一些關於你家的祕密。」

「知道啦。」

「還有一件事。」

「什麼事？我不要做你的跑腿。」

「我知道，我是華人，不能使喚你這個洋人。」

「上次你騙我送花給你要想要追求的女生，怎料她誤會我追求她，纏得我好緊，還跑到我家找我，被爹知道了把我修理得很慘，雅婷還跟我打了整個星期的冷戰。」

「不是那回事，另有任務。」顧日凡說，從口袋拿出手帕和一張摺疊起來的紙張。

「紙張裡包著的是從巧雲的臉上刮下來的粉末，手帕包著的是從水窪裡挖出來的沉澱物，請你回去化驗這二種粉末是什麼東西？」

「為什麼要化驗？」

「那是追尋凶手的線索。」

第十四章

兩人搭電車來到業成外婆在灣仔的住所，那是一幢三層高破舊的樓房，他們踏著破爛的木板樓梯，吱嘎聲一路伴隨到二樓，業成用力拉了幾下門鈴，一個胖大媽出來開門，瞧了業成一眼說：

「你奶奶身體不大好，這幾天也沒吃多少東西。」

「謝謝你，福祥媽。」

房東將樓層間隔成幾間房子租給幾戶人家居住，十多個房客共用一個廚房。業成帶著顧日凡穿過昏暗的走廊來到最尾的房間，敲了二下木門說：

「外婆，是我，業成。」

「門沒有鎖上，你進來吧。」裡面傳出夾雜咳嗽聲的老婦聲音。

兩人進入房間，黃昏的餘暉從西邊的窗子照進來，房間的陳設很簡單，進房左邊是一個五斗櫃，上面放著茶具雜物，櫃旁放著一張掛著蚊帳的木床，一張木桌，二把椅子。

「外婆，這是我的好朋友顧日凡。」

「外婆，你好啊。」

「你難得帶朋友來看我。」

「外婆，今晚不要燒飯，我上街買東西給你吃，你想吃什麼？」

「你買什麼我也愛吃。」

「我買你愛吃的雞粥和炒米粉。」

業成連忙跑下街去，顧日凡送他出門吩咐他不要太早回來，然後把門鎖上。

「你是業成唯一帶上來看我的朋友，你們的交情匪淺，想必也知道他的身世，他是一個可憐的孩子，在那個家他是孤苦伶仃。」老婦開門見山說。

「我聽業成說過，他在那個家是獨自過活，幸好有你疼他，而且是你說服他爺爺讓他進西醫院，你如何做得到？」

「是他媽媽的智慧。」

「也要你殫精竭力守衛他。」

「我快將油盡燈枯。」

「那就不要把祕密帶走。」

「你代我守護他？」

「我們證實業成並非伍家的人。」

「業成確定是我女兒阿貞的兒子……，是我親自給她接生的。」

「發生了什麼事情？」

「我不知道，當我看到業成是金髮綠眼大吃一驚，我堅信我的女兒並沒有失德。」

「是否伍府上下人等斐短流長，令業成的娘親受盡屈辱自尋短見。」

「阿貞是一個堅毅的女子，不會為人言可畏，糊里糊塗，不明不白去尋死，但是她後來確實受了莫大的屈辱。」

「後來業成的爺爺態度全然改變，是否與事件有關？」

業成的外婆點了頭說：

「那是一個晚上，我心血來潮驅使我來看阿貞，當時業成已出世，女婿搬開到別處住宿，我看見女兒的房間關了燈，想是沒事發生，卻聽到掙扎哭泣的聲音，我推門進去問發生什麼事，看見有人在翻雲覆雨，我以為是女婿，正想退出房間，突然聽到女兒叫道『媽，救我。』我連忙開了燈，赫然發覺那個男人是阿貞的老爺伍沛添，我急著救女兒，隨手拿起一把椅子將他打昏，我看他沒有動靜以為打死了他，嚇得我手足無措，阿貞冷靜地指揮我說『快點關門。』」

業成的外婆猛烈地咳嗽，顧日凡手忙腳亂找著杯子倒茶給她，外婆用毛巾摀著口鼻咳了十多下才停止，看了一下毛巾，用力抹了口鼻，顧日凡見天色已暗，看不確切，點亮了的火水燈，只見婆婆面露紅光，神清氣朗。

「外婆，你咳嗽得好辛苦，等你好一點下次你才告訴我。」

「不，趁我精神稍好，我要原原本本告訴你。」外婆堅決地說。

「我趕快將門鎖上，阿貞把她老爺踢下床，找了一根繩子，叫我幫忙將她老爺綁在床邊，又拿出紙張和黑墨，將那個老淫蟲的右手塗滿了黑墨先後按在二張宣紙上，他的手掌指紋清楚印在上面，跟著阿貞在二張宣紙上寫滿了字交給我。」

「上面寫了些什麼？」

業成的外婆指著五斗櫃後面的牆壁說：

「我把它藏在牆裡。」

「牆裡？」

「是的。」

顧日凡想了一下，毫不猶豫移開五斗櫃在牆上摸索，摸了一陣在牆腳發現有一塊鬆動的磚塊，要是沒有指示一定不會發現內藏玄機，顧日凡拿走磚塊，在裡面挖了一個沒有上款的信封，連忙將信件取出，上面印有一只清晰手掌紋及寫著：

警察大人均鑒：

小女子伍江美貞，嫁與伍松齡為妻，公公伍沛添垂涎美色，一日借機將小女子強暴姦污，吾母撞破惡行，迫令伍沛添寫下此信承認犯下亂倫傷風敗俗之罪，伍沛添印上手掌紋理為證，小女子貞節已毀，不欲偷生人世，還望各位大人為我伸冤，來世結草銜環報答各位大人大恩大德。

小女子伍江美貞叩謝
已丑年丙子月乙酉日

顧日凡看過此信問：

「你也看過此信？」

「我認得很少字，只知道大概意思，阿貞告訴我為了業成的將來，要我跟她爹商量拿這信跟那淫蟲理論。」

「阿貞夫人之後怎樣做？」

「阿貞寫好信後將其中一封封存，就是你剛才找出來那一封，教我如何收藏在牆裡，絕對不要讓人知道。再用水潑醒那個老淫蟲，將信給他看，指出那是證明他犯下強暴阿貞亂倫之罪，迫使他在家人之前承認業成是他的孫子，認祖歸宗，照顧業成長大成人，若不依照阿貞的說話去做，就拿此信找律師到洋人警察局告狀，務求將他懲治入獄，伍沛添聽了此話嚇得面無人色，樁蒜地點頭答應。幾天後他特意為業成辦了滿月家宴，在伍家祠堂舉行了點燈儀式，其間伍沛添說明伍家來自中原有外族血統，生下一個金髮綠眼的小孩也不足為奇，正如雅婕也是棕髮灰眼，眾人半信半疑，議論紛紛，畢竟伍沛添是一家之主，眾人還是要聽他的。」

「阿貞夫人後來是怎樣死去？」

「阿貞產後已經十分虛弱，再被那淫蟲強暴，又被女婿遺棄，心如槁木死灰，為業成點燈後那個晚上她求我同睡，夜裡她囑咐我要是業成有什麼困難，就拿那一封信為難那老而不死，還說第二封信是為了不時之需，又碎碎唸了許多事情，像是交代身後事，我勸她早點睡不要想太多，說以後還有漫長的日子要撫育業成長大成人。第二天清早不見了她，我的心很慌亂，在房間外的花園發現她倒在地上，衣裳單薄，我正要大聲呼救，她氣若遊絲阻止了我，只叫我扶她回房間。」

「阿貞夫人在寒冬夜裡吹風，故意尋死，這樣大去真是用心良苦。」

「當時我並不知道，日後才想通。後來發覺她下面大量出血，想叫大夫來看，她拉著我若斷若續說要替她照顧業成，說完後就走了。」

「阿貞夫人大量出血是伍沛添做成的傷害，阿貞夫人也知時日無多，要是阿貞夫人不死就不能坐實控訴伍沛添，那二封信就沒有作用了，阿貞夫人才出此下策，是沒辦法之中的辦法啊。」

「阿貞死後，我將事情的真相告訴我家老爺，他十分震怒，他還惱著阿貞敗壞門風，可是念及父女情誼，業成是他的外孫，伍家也為業成點燈認祖歸宗，便為業成出頭向伍家老爺交涉，終於迫使他為業成請了我們的親戚做奶娘，日夜貼身保護他，還聲明業成有什麼意外災禍，也會到洋人官府揭發他的惡行，我也每隔幾天去看他，看著他長大成為健康寶寶上學，業成也很懂事，性格謙和，與人為善，勤力唸書，到業成上中學時他外公去世了，事情仍很順利，直到業成以優秀的成績考進了西醫學院被拒絕後。」

「你是怎樣扭轉形勢？」

「都是阿貞留下來的錦囊妙計。當時我拿著那一封信跟他談判，他見我是婦道人家，沒有我家老爺做靠山，態度傲慢，假意說要看清楚信件，我不知是詐交了給他，他拿到了手立即把信件撕碎，嘿嘿大笑說我沒有證據告不了他，我不知從那裡來的力量，想是老爺和阿貞在天之靈保佑我，我使盡氣力大聲跟他說『我還有第二封信，老爺交給他的摯友保管，你不仁，我不義，我就拿著信件到洋人警察局報官，看你吃不了兜著走。』我說完就走，那個老淫蟲急了起來，竟然跪地求我不要向洋人報官，答應讓業成上西醫學院，我不再信他，先要他以業成的名字到銀行開戶，存上一筆錢足夠繳交這幾年的學費。」

「華人畢竟害怕洋人。」

「把事件說出後我的重擔已卸下，心無牽掛，也完成了阿貞的心願了。」

「你還要看著業成結婚生子。」

「我沒有這個福份。」

「你好人有好報，長命百歲。」

「真是個好孩子，你是業成的好朋友，往後要多多關照業成。」

正說著有人敲門，顧日凡去開門，是業成回來，顧日凡跟他打了個眼色，回身對老婦說：

「外婆，我先走了。」

「事情拜託你了。」老婦虛弱地回應。

顧日凡走到街上，不是跑去搭電車，卻轉到皇后大道東的「洪聖古廟」。洪聖，專稱南海洪聖大王，原名洪熙，是唐代廣州刺史，畢生致力以其天文海事知識幫助漁民，死後漁民感其恩澤，建廟奉祀，成為南方守衛漁民的神祉。

「洪聖古廟」建於香港開埠初期，坊眾在山岩上搭廟，咸豐十年（一八六〇年）在海邊重建，經過數十年開山劈石填海古廟已經遠離海岸，變成處於鬧市中，香火鼎盛，古廟仍是當年規模。顧日凡踏入只有一進的古廟，中央供奉了主神「洪聖大王」，旁邊有文昌、包公、華佗等神祉，還有二位女神，其中一個穿戴鳳冠霞帔如新娘子，顧日凡向廟祝買過寶牒香燭問：

「這是海神廟，為何供奉了二位女神？」

「真是鄉巴佬，華人廟宇從來就是滿天神佛，讓人有求必應。這兩個女神一個是金花娘娘，一個是花粉娘娘，是廟裡最受歡迎的神明。」

「既然是女神，都是女子拜祀囉？」

「瞧你打扮洋化儼如識字的人，原來是黃皮白心的土包子，金花娘娘是正經女人拜的，花粉娘娘是風塵女子拜的。」

「哦，洗耳恭聽。」

「金花娘娘是掌管人間生育的神仙，只要善信誠心祈求，定能求得一男半女，十分靈驗，祂也是保護母嬰的正神，供奉在家庇佑孕婦胎兒。花粉娘娘是保佑女子青春貌美，吸引異性的民間俗神，只有靠色相迷惑男人的風塵女子才希望永遠容顏美麗，顛倒眾生，爭相參拜。」

顧日凡謝過廟祝離去，招了一輛人力車回去「雅麗醫院」，洗過澡後已累得不願動，倒在實驗室的沙發上睡到天明，直到聞到咖啡的香味才醒過來，只見業成將實驗室一角當作流理台，利用本生燈和燒杯泡咖啡。

「嗯，早安，請也給我泡一杯咖啡。」

顧日凡起身走到盥洗室梳洗。

「昨天有什麼收穫？」業成一邊泡咖啡一邊扯大嗓門說。

「你指那一件事？」顧日凡也大聲回答。

「你還到過別的地方嗎？是啊，等一會我們要到妍玥姑媽家，我約了雅婷探望她，你也一起來吧。」

顧日凡換過著裝出來，業成遞給他裝了咖啡的馬克杯，亮著吸引人的綠眼睛詢問。

「原來你的眼睛是深棕綠色，不是墨綠色。」

「不要說廢話。」

「我打探到巧雲去『洪聖古廟』的目的。」

「是什麼？」

「她去拜『金花娘娘』。」

「你的推論是？」

「巧雲在半個月前偷偷讓阿嬌吃綠豆昆布海帶甜湯，約了你二叔在飄色會場見面，之後會到『洪聖古廟』向金花娘娘祈福，這一切證據顯示她懷了孩子，而且是你二叔的種。」

「未必是二叔的種，青樓妓女經常利用有了孩子的伎倆敲詐恩客，懷孕跟她的死並沒有必然的關係。」

「是嗎？現階段看上去是情殺，最常見的殺人理由。那麼疑犯呢？你二叔很震驚慌張的樣子。」

「阿嬌證實巧雲跟人群擠在一起時，二叔並不在人群裡，是得不到巧雲青睞的妒忌恩客殺死她。」

「到風月場所耍樂的男人都是逢場作興。」

「人心黑暗險詐。」

「昨天我叫你化驗那兩個粉末樣本呢？」顧日凡不答調地轉過話題說。

「那是中學生的習作，我只是滴了碘酒，兩個樣本的粉末由紫色變成黑色，它們是同一樣的東西。」

「是含有澱粉質的粉末。」

「答對了，就是煮菜時用來勾芡的生粉、豆粉和澱粉，包括常見碳水化合物如小麥、大米、土豆、木薯等。」

「解釋得很詳盡，可是這些廚房裡的東西怎會出現在巧雲姑娘的臉上？她可是身分嬌矜、十指不沾陽春水的塘西紅牌阿姑。」

「就靠你這個東方福爾摩斯調查清楚囉。昨天你向外婆打聽消息如何？」

「你外婆告訴我你媽媽產後身體虛弱，坐月子期間出現大出血，俗稱血崩。」

「這種病例很罕見。」

「大出血出現在生產完的一個小時內，以前大出血是孕婦的劊子手，自從在一九〇一年發現了不同血型使輸血技術邁進一步，生產大出血只要盡快輸血便能保住一命，可是你媽媽生下你數週後才出血，醫學上稱為『延遲性產後出血』，加上未能及時送到西醫院治理，瞬間撒手塵寰，你媽媽是自然死去，你外婆還說你媽媽彌留時喃喃自語希望你能夠長大成人，做一個有用的人。」

顧日凡這一番真假混雜、半是半非的謊言說得業成黯然神傷，面露哀思的愁容，好久才說：

「外婆有沒有說到為什麼爺爺會聽從媽媽的說話？」

「她也沒有說得很清楚，只說你媽媽掌握了你爺爺做生意卑劣行為的證據，我正想問個詳細，你外婆不斷咳嗽，用手帕掩著口鼻，後來我看見她口角鼻孔染血，我想她是沉痾積萎，患了長期老人病。」

「外婆已病了很久，看過許多醫生總是沒有起色。」
「哎呀，不是說約了雅婷嗎？」
「差點忘記了，快要十點了，我們趕快出門。」

第十五章

雅婷換上了一條粉藍色的西洋裙，上衣跟下裳連在一起的設計，領口呈波浪喇叭型，一排鈕扣由喉嚨延至胸前，二邊圍了多層蕾絲，長衣袖，袖口也綴了蕾絲，內裡穿上腰封，突顯小蠻腰，時尚的設計已放棄了撐裙，臀部仍是聳起，突出了胸部和臀部的線條美，多褶的裙擺迆邐在地上，穿上高跟鞋更能展示婀娜多姿的風情，雅婷將長髮地在頭上盤了髮髻，可是找不到合適的髮簪，於是往抽屜深處找，竟給她找到一個錦盒，打開一看，原來是一支景泰藍蝴蝶髮飾，粉紅底色配上嬌黃豔紫，雙翼的頂端配上濃濃的綠意，煞是好看，雅婷連忙將它簪在頭上綰著髮髻，最後在噴上香水，滿意地對鏡中影子笑了一下，挽著藍色小巧的手袋出門，走到大門前遇到藕夫人，雅婷對她毫不理會，藕夫人用惡毒的眼光看著她婀娜多姿的背影。

雅婷走在街上立即引來路人的豔羨目光，雅婷毫不在意地享受，經過學校右轉上坡道感到被人盯梢，雅婷心裡發毛，回頭看又不見人，想到前些時附近有色魔出現，不由來地發慌，立刻加快步伐，無奈衣服累贅復被腰封綁得喘不過氣，吃力地踩著高跟鞋走上斜路，聽到後頭跑步的踏步聲，雅婷心一急跌倒在地上，兩個人從後跑上來，一個抱起她，一個掩著她的口，抬她到一條小巷去，雅婷極力掙扎，亂抓亂踢，咬了掩著她的口的狂徒，狂徒鬆開了手，雅婷連聲呼喊救命，兩人把她擲在地上，打了她一下耳光，雅婷哭了出來，其中一人掩著她的口，另外一人掀起她的裙襬，雅婷正在絕望之際，突然有吆喝聲：

「你們在做什麼？」

兩人聞聲回頭看見一個高個子強壯的洋人和一個華人立刻落荒而逃。

「沒有事了，雅婷。」業成摟著狼藉的雅婷說。

雅婷哭不成聲，抱緊業成不放。

「我們回家去。」

「不要，我不要見到藕巫婆。」

「我們去妍玥姑媽家。」

「業成哥，我扭傷了腳踝。」

業成扶著雅婷的腰一小步一小步走出小巷、慢步上坡道。

「你們先回去，我看看有什麼線索，隨後過來。」

「顧大哥，可不可以順便替我找尋那支景泰藍蝴蝶髮簪？」

「沒問題。」

顧日凡在周遭小心搜索，發覺小巷很狹窄，僅容兩人並排通過，二邊高牆沒有門戶窗牖，是住宅房子的後頭，牆腳雜草野花拂路，平常絕少有人行經這裡，僻靜陰森，若不是他跟業成聽到女子呼救聲才跑進來，顧日凡走前二步發現了雅婷的景泰藍蝴蝶髮簪，再向前走來到一個分叉口，散開到幾條小巷，無從知道那兩個淫賊逃往那方，顧日凡折回頭到妍玥姑媽家去。

顧日凡來到門口時業成剛拉了門鈴，來開門是妍玥姑媽，妍玥姑媽看見業成和雅婷親密地偎倚在一起，面色一沉，再看見雅婷一副淒苦扭曲的臉容，面色大變，一言不發丟下眾人走進客廳去，用力關上門，大家心裡納罕。

「業成，你去替雅婷療傷，我跟妍玥姑媽解釋。」

「日凡，謝謝你。」

顧日凡敲了幾下門，聽不到反應，過了一會再敲了二下說：

「妍玥姑媽，我是顧日凡。」

裡面還是沒有回應，顧日凡再說：

「我想告訴你一些真相，是關於你家的，我是外人本來就不應該插手你們的家事，但是若由業成告訴你會更尷尬。」

裡面傳出一聲嘆息後說：

「你進來吧。」

顧日凡進門後看見妍玥姑媽坐在沙發神情呆滯，怔怔地看著前方，顧日凡只得站著，妍玥發覺後說：

「顧先生，請坐啊。」

顧日凡挑了一張面對妍玥的單人沙發，從容不迫等著妍玥。

妍玥看見他沉默端坐，手拿著蝴蝶髮簪開口問道：

「這支髮簪那裡來？」

「是雅婷的。」

「那是她媽媽的髮簪。」

「請你交還給雅婷。」顧日凡雙手奉上髮簪說。

「你要告訴我什麼？」

「是關於業成的身世。」

「咦？」

「我們利用血型測驗證明松齡伯父跟業成並沒有血緣關係？」

「你所說的血型測驗是否古時的滴血認親？」

「不，比滴血認親更科學準確。古時的滴血認親是將兩人的血液滴進一碗水，若兩人的血液融合在一起，他們就是親人，反之則否。血型測試是醫學上將人類血液分析為四種型號，分別是O型、A型、B型和AB型，松齡伯父是O型，業成是AB型，O型的父親絕不能生出AB型的兒子。」

「松齡和業成不是父子。」

「業成和雅婷也不是堂兄妹。」

「那麼他們可以在一起了。」妍玥鬆了一口氣說，過了半晌問：

「業成是誰的兒子？」

「這正是我們要追查的事情，我想知道松齡伯父以前的事情。」

「有關係嗎？」

「可能對追尋業成的身世有幫助。」

「我們三兄妹都在教會小學唸書，松齡討厭上學，小學畢業到南北行做學徒，長大娶妻，妻子幾年後病死，後來鶴齡成親，靠著妻子傲菡的嫁妝在南北行開了一間店，松齡也回來幫助，日後生意蒸蒸日上，松齡再娶後妻江氏，業成的母親，江氏死後，松齡獨身，只收了一個丫頭做妾。」

「松齡伯父少年得志，私生活必然多姿多釆。」

「松齡喜歡女色，尤其喜愛異國女子，他曾經迷戀一個西洋女子。」

「正當人家的西洋女子並不接受跟華人來往嘛，莫非是……。」

「被你猜中了，他喜歡的是豔幟高張的洋娼妓。」

「青樓就在擺花街？」

「我不知道，我未曾去過。」

「那名女子叫什麼名字。」

「讓我想一下……，好像叫做嘉芙蓮（Catherine），跟我小學一個同學的教名一樣。」

「那麼鶴齡伯父的元配傲菡夫人是怎樣去死的？」

「我也不甚了了，當時我已出嫁不在娘家，只知她生下業勤一個月後去世。」

「那麼藕夫人是什麼時候來到伍家？」

「她在傲菡去世四、五個月後來到伍家。」

「前後六個月了。」

「大約差不多了。」

「藕夫人為何針對雅婷？」

「我也無從知曉。她媽媽蝶婷懷著她時已經神智不清，好像受了什麼致命的打擊，生下雅婷後變得瘋瘋癲癲，我爹特地指派兩個下人服侍看護她，可是一個大清早當門房朱伯打開大門，她竄出家門消失得無影無踪，我們到處找她也不見，第二天警察來報說她溺死在中環的『寶靈碼頭』。」

「她是怎樣一個人？」

「她本來是清白人家的女兒，唸過幾年書，後來家道中落賣身到妓院償還父債，她人長得標緻端莊，性格溫柔可喜又認得字，行事有條理辦事極之妥當，活像秦可卿，甚得我爹歡心，家裡上上下下也對她挺和氣，除了藕夫人。」

「是否蝶婷夫人攬起伍家的家務，與藕夫人爭權？」

「不，不是那種情況，自從藕夫人來到伍家，家中大小事務已慢慢移到藕夫人手中，如王熙鳳一樣，而且做得跟以前傲菡一樣好，更難得是連雅婕那個古怪刁鑽的小丫頭也收得貼貼服服。」

「那麼她們之間是怎麼樣的衝突？」

「想起來她們兩人的張力極像是女人與女人之間的鬥爭。」

「這好生奇怪，藕夫人現在大約七十歲古稀之年，來到伍家時已經是五十多歲的老嫗，與二十出頭的蝶婷夫人會有什麼爭奪呢？」

「我也想不通，還有什麼問題？」

「剛才你看見雅婷那副淒苦委屈的面容為何臉色大變？」

「她發生了什麼事情？」

「她上坡道來探望你時，途中被二名淫賊拖入小巷企圖強暴，幸好我和業成及時救了她。」

妍玥聽了之後，想了半刻，忽然咬緊了唇，臉色漸次蒼白，倒抽了一口氣，雙眼露出不相信的驚恐神情。

「妍玥姑媽，你想到什麼？」

「快叫業成帶雅婷離開伍家。」

「只怕鶴齡伯父不答應，要怎樣跟他說？」

「叫業成對他說『不要助紂為虐，再唸七步詩。』」

「什麼？」

「不要再問，出去，我要靜一下。」妍玥姑媽突然粗暴地說。

顧日凡對妍玥倏然變色摸不著頭腦，只得退出客廳，走到房門回頭看，妍玥拿起蝴蝶髮簪怔怔地看。

顧日凡打開門發覺業成貼在門上偷聽。

「堂堂伍家少爺竟然聽牆角。」

「你們說的是我和我家的事情，我有權知道。還有姑媽叫我傳給鶴齡叔父那句說話是什麼意思？」業成理直氣壯說。

「我怎知道？你自己想吧，雅婷怎樣？」顧日凡懶得跟他爭辯問。

「還有點驚魂未定，下女服侍她休息。」

「我想跟她問話。」

「你好殘忍。」

兩人來到客房，雅婷換過睡袍，見他們進來叫下女拿一件毛呢外套給她穿上，遣走了她，幽幽地看著他們。

「好點沒有？你的髮簪我交給妍玥姑媽。」

「謝謝你。真沒想到受到暴力對待時感覺是如此無助，我未想過這種事情發生在我身上，心裡仍然很害怕。」
「你是否認識那兩個人？」
「他們是陌生人。前些時我說過這附近出現了色魔，他們是色魔。」
「那有色魔成雙成對作案？他們不是要擄走你，是要即時強暴你。」
雅婷紅著臉不說話。
「日凡，你說得太露骨了。」
「業成哥、顧大哥，你們看這個。」
雅婷打開了手掌，白皙的手心有一顆圓形的金屬鈕扣，還附著斷了的線頭，顧日凡拿起來細看發覺那是一顆精緻鏤空的鈕扣，周邊圍繞長春藤花紋，中間是一座塔型風車。
「這是我跟他們糾纏的時候，從那個穿戴整齊暴徒的大衣扯下來，你們是否認得？」
「長春藤是歐洲很普遍的植物，中間的風車好像是什麼標誌。」
「大笨鐘之於英國倫敦，艾菲爾鐵塔之於法國巴黎，風車之於荷蘭阿姆斯特丹。」
「你的意思襲擊雅婷這個洋人是荷蘭人？」
「我沒有下這個結論。我看過那條小巷，人跡罕至，四通八達，是預謀做案的理想地點。雅婷說附近那一個色魔已經落網，前幾天新聞紙也有報導，是一個從大陸內地來香港的打石工人，受了傷沒能工作，挺而走險搶劫婦女後，乘機非禮她們。」
「這顆鈕扣十分精緻，配得起這顆鈕扣的大衣一定也很名貴，穿得起這種大衣的人在社會有一定的地位，為何會做這種下流的事情？會不會真的是有預謀？對象就是雅婷？」

「為什麼是雅婷？作案也要動機。」

「是藕巫婆唆使的，她最恨我。」雅婷孩子氣地說。

「你也恨藕夫人，你也想陷害她嗎？」業成大笑說。

「是她先恨我，我才恨她，不要忘記她曾經打了我一下耳光。」

「不要再胡思亂想，好啦，我們要走了，我開點安眠藥給你，吃過後好好休息。」

顧日凡看著兩人鬥嘴思考。

第十六章

兩人來到大排檔吃午飯，他們挑了一家賣潮州魚蛋粉麵的攤子，服務員看見業成立即送上一碗酥脆的炸魚皮，他們索性用手代替筷子，享受美食之際忽然聞到一陣陣嗆鼻的辣椒氣味，接著縷縷辣煙隨風而來，整條街也飄蕩著潮州的草根味，麵檔製作辣椒油的方法是將大量辣椒連籽放進大滾油炸透後熄火，待油溫稍涼再加入剁碎的蒜頭，這樣就能添上蒜頭特有的香辣味卻沒有燒焦蒜頭。

「潮州魚丸不像雲吞用料精細講究，卻是平民美食，選用黃門鱔、九棍魚等平價魚原料，用刀將魚肉一層層刮下來，連最後黏在魚皮那一丁點肉也用湯匙刮下來，這是潮州人節儉的天性，刮下來的魚肉用大刀壓扁成魚蓉，將魚蓉放在一個圓形的容器，加入鹽、胡椒粉等調味，適量開水，太多水會將魚味沖淡，大力向同一方向攪拌直至魚蓉攪成魚漿，左手母指和食指圈成一個小圈，靠掌心陰力柔勁擠出一顆顆魚丸，右手用湯匙摘下放在圓形的竹篩子，待裝滿後將一盤盤魚丸放在燙開水，不是要將它煮熟，只是將煮成半熟成丸子的形狀，撈起，待客人落單才掰下一顆顆魚丸煮熟，那時的魚蛋才是鮮甜美味啊。」

「牡丹雖好，也要綠葉扶持，高湯也很重要，潮州麵湯頭不及雲吞麵的那樣鮮甜，但是更濃郁，奶白色，不像雲吞麵清透。」

「雲吞麵湯頭是用燒至焦香的大地魚、豬骨和蝦子煮成，將材料煮開再調校至微火不停燙煮最少三小時以上，潮州麵湯頭也用燒香的大地魚，加上牛骨，牛骨很便宜，潮州人才用它，燙煮一整天，味道濃滑截然不同。」

他們叫的粉麵來了，業成熟練地夾起滑溜的粉條、魚蛋送進口裡，其他食客看見嘖嘖稱奇，吃過午飯後業成問：

「等一會我們去那裡？」

「到『擺花街』訪豔，又要靠你出馬咯。」

「尋找嘉芙蓮？都隔了快要二十年了，不知她是否仍在賣笑，還是嫁作歸家娘？」

「好歹此牘下這條線索，走吧。」

香港開埠至今從未禁娼，但是有一條不成文的禁忌，華洋鶯燕涇渭分明，地盤也大不同，各自接待同種的客人，洋妓集中在中環擺花街和灣仔春園街，那裡是洋人商業區和靠近軍營、碼頭等地，尋芳客多是洋人，曾有洋鴇母在英文報章刊登啟事，要求狎客帶鮮花一束做見面禮，嫖客如奉綸音佛語紛紛買花探望佳人，小販挑著一籮筐的鮮花在這裡路旁擺賣，甚至伸延到旁邊的街道，日月如梭，路人就叫這裡做「擺花街」，忘記原本的名稱。

顧日凡和業成走下坡道到「擺花街」，街上行人眾多，山兜、轎子、人力車任意縱橫，二旁是擠得密密麻麻三層高的樓房，二樓和三樓的陽台都有倚立欄杆、穿著性感的鶯鶯燕燕，搔首弄姿、咬唇拋媚眼挑逗、也有一些洋女落落大方對路人展露笑容，燕瘦環肥，應有盡有，兩人來到一座暗舊的樓房地下，外面掛著一個招牌「英國東印度貿易公司」，裡面沒有辦公桌和櫃檯，只有幾個歐亞混種的中年人圍著一張小圓台懶洋洋地喝酒，沒有半點做買賣的氛圍，一個圓臉、下巴垂著肥肉，臉龐像壓成醃豬頭逗趣的男人目光越過顧日凡對業成說道：

「先生，你要找怎麼樣的貨色？」

「我們不是找妞兒，我們是警察，來找人的。」顧日凡將業成推出踏前一步，業成威嚴地看了他們一眼。

胖子嚇得清醒，用恭敬的語氣對著業成問：

「長官，你們要找的是什麼人？男人還是女人？」

「是一個四十多歲的女人，名字叫做嘉芙蓮，二十多年前在這裡接客做營生。」

幾個人聽了低頭商量了好一會，醃豬頭笑著臉開腔說：

「叫嘉芙蓮的女人有好幾個，只有一個年老色衰的婆娘丟棄在『石板街』那邊，像極你們要找的人。」

「你帶我們去。」顧日凡命令他說。

醃豬頭踏著醉步領他們向下走，走了幾步右轉走上一條用花崗岩鋪成的小斜路，來到一間二層高的破爛樓房下面，斜對面就是荷李活道人稱大館的中央警署，胖子指一指二樓立刻退下。

「你怎知道在那個地方找消息？」

「英國工人也有工會嘛。」

「等一會如何？」

「見一步走一步，我們最終目的是要找出她與松齡伯父的關係，發掘其他線索。」

「要找出我是誰的孩子真如大海撈針。」

「不要傷心，野孩子，我們盡力而為。」

「野孩子也要親人嘛。」

「我來做你大哥。」

「你省省吧。」

兩人走上昏暗的樓梯來到二樓，拉下門鈴，等了一會才聽到沉重的腳步聲，門一打開是一個胖如母豬露出半個奶子、衣著邋遢、頭髮油答答黏在一起的中年洋婦挨在門框，半闔醉眼俯視顧日凡，滿口酒臭說：

「我不接支那人，尤其是你這樣的矮子，你們吃豬肉，我總在你們身上聞到豬肉的臭味，除非你給我很多錢，我就掩著鼻憋著氣跟你幹。」

「親愛的女士，你身上也有一陣牛肉的騷味。」顧日凡頂回去說。

「哪麼你們上來幹嘛？哼！就是你們這些支那人破壞我的好姻緣。」

那肥婆轉身關門要走，瞥見了業成，頓時清醒，瞪著藍色眼眸定睛看著他，突然哭了出來抱著他，涕淚縱橫說：

「阿朗，我想得你好苦啊，你終於回來找我了。」

業成嚇傻眼，設法掙脫把她推開。

「他不是阿朗，阿朗‧羅拔臣是他的堂叔。業成，我們走吧。」

顧日凡拉業成的左手作勢就要走，那肥婆一時情急拉著業成的右手，兩人角力拉得業成左右為難。

「是我錯，我是豬，我是牛，我身上有豬臭味、有牛騷味，你們支那人沒有味，不，你們華人沒有味還很香的，華人不是有一句說話『大人不記小人過』，你大人有大量就原諒我吧。」

「不行，我們做好心千辛萬苦來找你告訴你羅拔臣先生的消息，你竟敢如斯侮辱我。」

「不要這樣，我請求你們不要這樣。」洋婦嗚咽地說。

兩人又將業成做磨心，拉來扯去。業成怕錯失良機大聲喝道：

「不要再吵，你們放開我，我們進去。」

那胖洋婦立刻放手，馴如羔羊請他們入內，裡面是一廳一房一廚的格局，裝潢和家具破損殘舊，牆紙發黃有一暈暈滲漏痕跡，紅色天鵝絨的窗簾褪成深褐色，掛著牆上一張古早照片，是一個綺年玉貌、明眸皓齒的美女，比對得周圍的環境越見滄桑。胖婦到處張羅，打開裴雪卡終盒子發覺是空的，搖動留聲機卻將把手挍斷，最終用二只精美的水晶杯倒了紅酒給他們。

「你們快點告訴我阿朗的消息。」胖婦迫不及待問。

「不，我們要證實你的身分，你叫什麼名字。」

「嘉芙蓮．薔薇．威爾遜。」

「你是什麼人？什麼時候來到香港？」

「我是英國倫敦人，一八八五年一個人跟同伴到香港，當時十八歲。」

「你何時結識羅拔臣先生？」

「我二十一歲時認識他，是一個姊妹介紹給我的。」

「之後怎樣？我想你們一定共同有一段快樂甜蜜的日子。」

「你說得很對。他人長得英俊對我很溫柔，他要求我不要見其他客人，我也答應他，我們沒有什麼錢，但是我們生活很充實，每天都是好日子。」

「你們沒錢怎樣過活？」

「我等阿朗白天上班時接待客人。」

「羅拔臣先生知不知道？」

「我藏得很祕密，他沒有發覺。」

「但是你不斷有錢供他揮霍。」

「我說那些錢是我以前攢下來的。」

「哪他還不是一個皮條客？」

「不，他說我是他唯一的女人。」

「你的客人有沒有華人？」顧日凡也不跟她分辯接著問。

嘉芙蓮忽然紅了臉，忸怩說不出話。

「你不要瞞我，他家人知道了你接待華人，說你是爛婊子，連華人也搭上，鄙視你羞辱了大英帝國，是大英帝國的最大恥辱。」

「那麼阿朗知不知道？」

「你接了什麼樣的華藉客人？」顧日凡不答反問。

「我叫他做『松』的客人，他每次也糾正我說他的名字是兩個字叫松齡，意思是指如松柏般長壽，可是我到現在還想不通為什麼松樹代表長壽，可以說我根本一點也不關心，他說他有一個兄弟叫做『鶴』，我無心理會他的說話，但是我總是裝作很專心的樣子，心裡只是盤算如何搆他口袋裡的錢，他對我十分大方，我要多少他給多少，但是我不讓我他碰我的身體，只讓他握握手，摟摟腰，親親面龐。」

「後來你跟阿朗是怎樣分開？」

「一個晚上我在家裡等他，他事先捎了一封信給我說有要事跟我說，當晚我等了很久他也沒有到來，於是獨自喝酒，我喝得半醉時他跑上來，當時他也喝醉了，一進門他就罵我臭婊子、爛婊子，又動手打我，接著摟著我粗暴地跟我發生關係，完事後他哭了一回，沒說什麼就走了，以後再沒見過他了。」

「他家人告訴他你勾搭了華人，阿朗知道了很痛苦，感到你很下賤，卻又捨不得跟你分首，考慮了很久才作出艱難的決定，那天上來是要告訴你這件事，最終他還是什麼也沒有說就走了，他寧願你覺得他是個負心薄倖的壞蛋，也不想用難聽的說話傷你的心，你看他多體貼。」

「他真是個好人，我錯怪了他了。」

「後來你跟那個叫松齡的華人怎麼樣？」

「阿朗走了以後我不知如何是好，在房間裡走來走去，心情不能平伏，於是狂飲威士忌麻醉自己，這時那個豬玀阿松跑上來，我以為是阿朗回頭找我，打開門才知是他，他見我衣衫不整起了色心強姦了我，我喝了很多酒根本無力反抗，只由得任他為所欲為，事後他還嘲笑我擺架子裝高貴，敬酒不喝喝罰酒，以後再沒來了。」

嘉芙蓮後啜泣起來，過了一會抖擻精神說：

「對不起，我說起往事一時感觸。剛才你們說要告訴我阿朗的消息，那是什麼？」

「羅拔臣先生在十幾年前已經去世了，臨終前還惦著你，囑咐他的堂侄要找到你，告訴你一句說話。」顧日凡故意停下來。

「是什麼說話？」嘉芙蓮心急地問。

「羅拔臣先生要告訴你的說話是『你是他一生最愛的女人。』」顧日凡裝出最誠懇的聲音說。

嘉芙蓮聽了哇的一聲哭了出來，嗚咽地說：

「阿朗，為什麼那天你不說清楚？為什麼？讓我恨你恨了半輩子，我每一天都在恨你，不，其實我每一天都在想你，每一天都在愛你。」

最後嘉芙蓮泣不成聲。

「威爾遜小姐，我們的任務已經完成，告辭了。」

「多謝你們，真的很多謝你們，你們真的是上帝派來的天使，讓我知道阿朗在天堂愛著我，等著我，給我力量活下去。」

嘉芙蓮送他們出門仍握著業成的手不放說：

「羅拔臣先生你長得真的跟阿朗很像。你要多點來看我，不，不要到來，你們是正直、人格高尚的紳士，不要到來這些地方，就算在街上看見我，也要假裝不認識我。」

「神愛世人，祂的愛是無私也沒有條件，只要你專心一意愛祂，祂也愛你，嘉芙蓮。」業成說完後在她的額上吻了一下。

「多謝你，多謝你，願主庇佑你。」嘉芙蓮藍色眼睛閃著光彩說。

兩人回到光亮、熙來攘往的街道。

「顧日凡，你真是天生的大話精，見人說人話，見鬼說鬼話，可以當作家。」

「那只是善意的謊言，我不想見到一個活人為一個死人陪葬。你也不賴，七情上面，演技出色，可以當演員，伍業成。」

「我是真心憐憫她，憐她為情癲狂半生，過著顛沛的生活。」

「情關難過，凡人不能幸免。我知你是菩薩心腸，看你吻她的額頭就知道，很悲壯，有著我不入地獄，誰入地獄的慈悲心，堅定不移吻一條母豬。」

「多謝你的毒舌了，顧日凡。你從中找到了線索沒有？」

「我要再思考整理。」

「現在我們要到那裡？」

「回到我們的實驗室。」

「就在附近，為啥？」

「去拿招敬斌送給我的舊版聖經。」

兩人來到業成堂姊的房子，剛好雅婕在家邀他們進屋，主客寒喧後顧日凡說：

「招先生走得匆匆，當晚他託我交這一本舊版聖經送給你。」

「鍾斯神父說突然接到廣州方面的緊急電報，要求他立即回廣州處理。」

「雅婕大姊，雅婷遭遇到一件很可怕的事情。」

「是什麼事情？」

「今天早上雅婷去探望妍玥姑媽，途中被兩個淫賊挾制意圖強暴。」

「在英國人的地方也發生這樣擾亂治安的事情？雅婷怎樣？」

「幸好遇上我們將淫賊打走，不過雅婷已經嚇得花容失色，待在姑媽家裡休息。」

「雅婷扯下了賊人一顆鈕扣，不知雅婕大姊是否認得？」顧日凡插嘴說，從口袋掏出鈕扣放在茶几上。

雅婕蹙了一下眉，拿起鈕扣看了一會放下說：

「很精緻。」

「你認為中間的塔形風車有什麼特別含意？」

「有什麼意思？」

「風車是荷蘭的標誌，這一顆鈕扣來自一個家族。」

「既然你知道又何必來問我？」

「你是否知道這樣一個家族？」

「我不知道。」

「雅婕大姊，妍玥姑媽想雅婷搬離伍家。」

「這樣也好。」

「怎樣好？」

「這是我們的家事，顧先生不用操心。」

「是伍家還是何家？」

「你好像太多管閒事吧。」

「日凡也是為雅婷好。」

「我還有事要辦，失陪了。」

「雅婕大姊，我們先走。」

兩人走到堅道妍玥姑媽的屋前，業成說：

「剛才你又惹惱了雅婕大姊了，把事情搞砸了。」

「不，正好相反。」

「這話怎說？」

「我想她知道那一顆鈕扣的來歷，當她看見鈕扣時半斂眉心，我已猜到三分。」

「我倒想聽一下你的理論。」

「當平常人碰到一件與他無關的事情，他的反應是事不關己的態度，說一些無關痛癢的說話如『我不知道』或『很捧，真的很有趣』，婕雅大姊卻勃然大怒，這跟她平日和藹親切的性情大不相同，你和雅婷不知道這鈕扣的來歷，可見得這跟伍家沒有牽扯，但是跟何家絕對有關連。」

「有什麼關連？」

「我仍在調查。等會你做什麼？」

「我到妍玥姑媽家看雅婷，跟她商量將雅婷搬到她家住，央求她跟鶴齡二叔說項。你呢？」

「我回雅麗醫院實驗室補睡一覺，晚上偵訊另一個證人，你家的門房朱伯。」

「為什麼會是他？」

「藕夫人遣散了所有舊傭人，他是唯一一個知道伍家的歷史，你也要在場啊。」

「什麼時間？」

「黃昏六時，記得買一些油雞鹵菜和幾枝孖蒸[1]。」

1 廣東米酒／燒酎。

第十七章

日落西山，業成準時踏進家門，拿著食物走進朱伯的小房間，顧日凡已經精神飽，趣味盎然跟坐在床上的朱伯聊天，朱伯的房間貼近伍家大門，在一叢竹子面後，沒有窗，房子只放得下一張木床、木桌和二張凳子，衣服只是勾掛在牆上的釘子上，桌上放了三副碗筷和酒杯，火水燈泛著昏暗的黃光，將他們搖動的影子投射在牆上像皮影戲訴說從前，朱伯看見業成進來立刻站起來迎接道：

「業成少爺，從小到大就只有你跟雅婷小姐不嫌棄我。」

「爺爺對你也很好。」

「我自小跟著老太爺做小廝跟班，看著老爺打天下做生意，賺錢起大屋，伍家人口漸多，越發興旺。」

「我們不要光是談了，先吃東西。」

席間兩人不斷向朱伯勸酒，朱伯三杯黃湯下肚話也多起來。

「朱伯你當了伍門房有多久？」

「都有二十多年了。」

「你本來是老太爺的左右手，為什麼會當起門房呢？」顧日凡尋根究底地問。

「都是老爺憐惜我。我年輕時愛喝酒，每次喝起來沒有節制，經常發酒瘋鬧事，老太爺已經訓斥我許多次，我屢勸不聽，終於有一次喝得爛醉，調戲街上一個姑娘，姑娘不堪受辱，呼朋喚友把我教訓一頓，用竹子刺穿了我的肺，躺了醫院兩個月，自此呼吸不大暢順，時常精力不繼，怎能再做老太爺的跟班，老太爺見我無以為生，留我作門房，還給我這個狗窩，我很多謝老太爺。」

「那你看盡了伍家事情咯？」

「我看著松齡老爺和鶴齡老爺成家立室，結婚生子。」

「鶴齡伯父曾娶妻三人，享盡人間豔福。」

「可是鶴齡老爺的正室和兩個姨太太死得離奇，街坊鄰里都在嚼舌根，說三道四指伍家父子命硬剋死他們的女人，借了她們的福氣才能起家發跡，有些壞蛋甚至說伍家謀財害命，侵吞夫人和姨太太的財產。」

「這些市井之徒竟然無中生有，惡意中傷伍家真是十分可惡。那麼女家的親戚有沒有上門追究？」

「那倒沒有，不過伍家確實是靠女人發達。」

「咦，靠那一個女人？」

「何家小姐，是鶴齡老爺的夫人叫傲菡，她是第一個死得不明不白的女人。」

「真是古怪，說給我們聽吧。」

「鶴齡老爺年少時生得英俊瀟灑、風流倜儻，一副極有女人緣的模樣，有一次不知什麼原因到何家作客，大家都詆譭說是何家小姐要相過鶴齡老爺才決定是否下嫁與他，那一次作客以後鶴齡老爺和傲菡小姐正式交往，於是有閒言閒語說是傲菡小姐看上了老爺，傲菡小姐是一個高傲、我行我素、受洋人教育的千金小姐，毫不在意別人在背後指指點點，風言風語。」

「怎看得出傲菡小姐是一個這樣的人？」

「她是大腳八沒有纏足，現在的女人才流行天足，那時候的大家閨秀都以紮小腳為榮，只有幹粗活的下等女人才會是划動大腳整天往街跑，傲菡小姐比男人走得還要快，大家還打聽到何家父母本來替她纏足，傲菡小姐執意不從才作罷，況且何家是半個西洋族人嘛。」

「鶴齡伯父是否喜歡傲菡小姐？」

「他們很恩愛，總是一雙一對上街遊樂，傲菡夫人生得標緻動人，活像影畫戲的美女洋婆子，但是脾氣很臭很壞，經常出言頂撞老太爺，老太爺總是讓她三分忍下來，我想老太爺對她恨之入骨，時刻也想她死。」

「啊。那麼傲菡夫人是怎樣死去？」

「傲菡夫人過門二年還未生下一男半女，老太爺、太夫人心裡著實焦急，提出要為鶴齡老爺納小妾生個男孫，傲菡夫人堅決反對，還出動了父母到伍家大興問罪之師，伍家男人抵擋不住只得擱下主意，終於第二年雅婕小姐出世，她長得像西洋娃娃甚得眾人喜愛，大家恭喜老太爺之餘笑說先開花後結果，老太爺也只得無奈苦笑接受，到底伍家也有了業昌少爺傳宗接代。」

朱伯紅著脖子粗豪地乾掉了酒，顧日凡連忙替他添滿。

「可是過了幾年傲菡夫人仍沒有懷孕的跡象，雅婕小姐也有五歲了，太夫人勸說她肚皮不爭氣生不出兒子可要認命，立意要替鶴齡老爺納妾，傲菡夫人忿忿不平說再等一年，要是她生不出兒子就讓鶴齡老爺納妾，老夫人信不過她，要跟她擊掌為誓，這件婆媳爭議的事情被街坊鄰里窺探了，口耳相傳蔚為奇聞。言猶在耳，夫人竟然又懷孕了，那些日子傲菡夫人整天喜孜孜過日子，直到生孩子那天為止。」

「發生了什麼事？」業成緊張地問。

「她胎動走進房間生產後再沒有走出來了。」

「她生下業勤後死了？」

「不知道，接生穩婆抱著業勤少爺出來恭喜老太爺，跟著二、三天傲菡夫人的貼身妹仔翠蓮曾進入房間，以後連她也沒有再進去。」

「那麼誰服侍生產後的傲菡夫人？」

「何家派了一個老嬤嬤到來照顧傲菡夫人。」

「此後只有何家老嬤嬤進出傲菡夫人的房間咯？」

「不，還有老太爺、老夫人和鶴齡老爺。但是兩個星期後何家的老嬤嬤也走了，跟著一天老太爺和鶴齡老爺在傲菡夫逗留了很久，過一天晚上就傳出傲菡夫人死了。」

「事件很突然啊，有沒有人去看過彌留的傲菡夫人嗎？」

「沒有。還有一件很詭譎的事情。」

「什麼事情？」

「當晚三更半夜家裡的人都在睡覺，鶴齡老爺安排下人將傲菡夫人的屍體抬出伍家，他們叫醒仍在睡夢中的我打開大門，幾個壯健的家丁抬著一塊木板，木板上是用床單密封包裹的人形物體，鶴齡老爺一路伴著，我好生奇怪跟蹤他們，他們抬過幾個街口後，已經有幾個大漢等著接過木板將屍體抬走，我想跟著他們，但是胸口劇痛不停喘氣、雙腳無力跟丟了，不知道他們去了那裡。」

「鶴齡伯父一直伴隨著？」

「是。」

「那麼伍家有沒有發喪？」

「沒有哇。」

「為什麼？」

「老太爺他們沒有說。後來家裡的下人傳出當天老太爺和鶴齡老爺在傲菡夫人死前跟她談判，迫令傲菡夫人跟鶴齡老爺離婚，並簽下了同意離婚書，過一晚傲菡夫人死了，她死時已不是伍家的人，伍家也不用替她辦喪事咯。」

「這樣也說得通，可是十分無情啊，而且伍家用什麼理由迫使傲菡夫人離婚？傲菡夫人的死因是什麼？」

「沒有人知道。不過，老太爺對她恨之入骨，趁她病重要她的命，或者老太爺和鶴齡老爺謀殺了她，或者傲菡夫人生產後身體虛弱死去，坊間都說女人生孩子如一隻腳踏進棺材，又或者傲菡夫人抵受不了鶴齡老爺納妾下堂求去，憂鬱而死。」

「這是你的臆測吧。那麼何家有沒有追究？」

「不知道，可能有吧，要不然他們怎會派遣藕夫人坐鎮伍家呢？業勤少爺已經二十歲了，她還沒有離開的跡象，她已經成了伍家的人了。」

「伍家是衝著何家的面子才這樣做。」

「藕夫人到來以後簡直替代了傲菡夫人女主人的位置，她立刻遣散了所有舊傭人，包括傲菡夫人的貼身妹仔翠蓮，翠蓮本來是家生的人屬於伍家，傲菡夫人嫁入伍家時跟翠蓮十分投緣，她跟了傲菡夫人十年。翠蓮出嫁前跟我說她很多謝藕夫人還她的自由，送她很多錢說是代傲菡夫人賞給她的嫁妝，那一門親事也是傲菡夫人生前替她定下來的，藕夫人也替她辦了喜事，翠蓮很體面地從伍家的家門出嫁。」

「那麼藕夫人的為人也不錯嘛，翠蓮現在在那裡？」

「翠蓮嫁給一個小商人，三年抱兩生了兩個孩子，住在九龍油麻地，我有她的地址，她好久沒有來，不過來了也沒有幾個舊人跟她聊天，只看看太老爺、雅婕小姐和業成少爺，是不是？業成少爺。」

「是啊，翠蓮阿姨來時也帶點她做的家鄉菜給爺爺，給我糖果，不過藕夫人從來沒有見她，也不讓她碰業勤。」

「藕夫人不是她的舊主子嘛，而且藕夫人對下人要求很高，不許他們在家裡說三道四，她不會像其他主子動手打人，但獎罰分明，持家有道，下人對她很貼服，除了對太老爺和老爺們的妾侍。」

「那又是什麼一回事？」

「同年鶴齡老爺娶了一個小妾，又是老太爺作主。」

「鶴齡伯父沒有反對嗎？」

「子女的婚姻都是父母作主，鶴齡老爺也只能從命。」

「那麼是老太爺看上了小妾豐厚的嫁妝？」

「哪又不得而知囉。但是藕夫人從來沒有給她好臉色，那個小妾也是性格刁頑的人，恃寵生驕，氣焰過人，兩人見面時常衝突，發生口角。鶴齡老爺初時還會規勸兩人，見她們各不相讓，索性不管由得她們鬧翻天，最後他只要對藕夫人瞪一眼，說一聲夠了，藕夫人立刻收聲，鶴齡老爺就是整治藕夫人的一帖藥，小妾卻時常貪勝不知輸，更加神氣，氣得藕夫人咬牙切齒。」

「這樣沒完沒了，沒有結果囉？」

「不，有結果了。」

「什麼結果？」

「小妾突然死了。在一個早上，日上中天小妾仍未向老太爺、太夫人請安，老太爺使人叫她，怎料拍著房門小妾也沒有回應，推門又發覺房門在裡面鎖上，於是喚人把房門撞開，發現小妾躺在床上，衣履整齊瞪著眼睛死了，檢查過後沒有財物損失，只發現小妾的喉嚨塞著一塊銀錠窒息死了，當時房間是內裡鎖著，外面的花園是十尺高牆，沒有梯子絕不能翻過，之後又要跳下高牆，老太爺判定小妾是自殺。」

「吞金自盡？為什麼？」

「這個我可不清楚了。小妾也不是什麼善男信女呢，她未嫁給鶴齡老爺之前是一個有錢的孀居寡婦，香扇墜型，長相普通，性情執拗，自已是寶，別人是草，凡事都要別人依她的。」

「案發前一天晚上鶴齡伯父在那裡？」

「你懷疑鶴齡老爺殺死她？沒可能，那一天傍晚鶴齡老爺坐夜船到廣州談生意，是我送他上船，看著輪船開走的。」

「哦。家裡其他人呢？」

「都睡了。」

「你怎知道？」

「每晚我聽到街外敲起二更時就會巡查內院。那天晚上我照例檢查門戶栓妥，我看到大家都熄燈就寢，走到後花園巡更，查看完小溪去水口的小鐵門後，轉身看見一條黑影從那座太湖石跳下來，我追趕著他，他越過那道大雲石屏風跑進『亦乎軒』，我也追入去，抓住他的斗篷，但是不見黑影，只看見那些椅桌、吊燈的輪廓，忽然我聽到後面有人冷冷說『你在這裡幹嘛？』我回身一看，嚇了一跳，一個白影在我後面，他的臉被一道光向上照著形同鬼魅，我看清楚原來是藕夫人拿著手電筒照著自己的臉，我囁嚅說看見一條黑影跑進『亦乎軒』，可是藕夫人說什麼也看不見，只看見我鬼鬼祟祟跑進來，跟著又詆讖我老眼昏花看錯了。」

「你有沒有問她為什麼這麼晚跑出來幹嘛？」

「我怎敢問她，平常我已經怯於她的淫威，不過她自己說肚子有點餓想吃宵夜，走到『亦乎軒』的小廚房找東西吃。」

「會不會是藕夫人就是那個黑影？」

「怎麼可能？藕夫人很硬朗，走路也穩健，但是那座太湖石少說也有七、八尺高，滑溜又凹凸不平，很難抓得緊踏得住腳，藕夫人年紀比我還要大了，不可能從高處跳下來後敏捷地跑到『亦乎軒』，她不摔死才怪，我看見藕夫人時她走路行動自如，沒有跌傷，而且她在我後面出現，不是在『亦乎軒』裡面。」

「唔。那麼鶴齡的第三位蝶婷姨娘嫁到伍家有什麼怪事？」

「有！鶴齡老爺吩咐我們叫蝶婷姨娘做蝶婷夫人，藕夫人大發雷霆。」

「為什麼？」

「她說太夫人在生時，其他女眷只能叫做奶奶或姨娘，太夫人死後，只有傲菡夫人才能擔得起『夫人』的名號，她又說傲菡夫人是鶴齡老爺明媒正娶，大紅花轎抬進伍家，蝶婷姨娘只是偏房受不起夫人的稱謂，但是傲菡夫人已經死了很久，叫不叫夫人也是一樣嘛，鶴齡老爺瞪藕夫人一眼，她只是咕噥，以後大家都叫蝶婷姨娘做蝶婷夫人。說真呢，伍家女眷的稱呼又關藕夫人什麼事啊？」

「藕夫人有點逾越，但所說的也不無道理。還有有什麼怪事發生在蝶婷夫人身上？」

「怎知道？家裡的人也知道她是跳鹹水海死的，她懷著雅婷小姐的時候整天鬱鬱寡歡，淚流滿臉，滿懷心事。」

「蝶婷夫人嫁給鶴齡伯父後不開心嗎？」

「不是啊，她嫁給鶴老爺後整天笑面迎人，雅婷小姐長得像蝶婷夫人，但是蝶婷夫人比她美得多，比得起戲曲裡的四大美人，對下人和氣大方，大家都喜歡她，只有藕夫人對她不啾不睬，就是蝶婷夫人每次熱情給她打招呼，藕夫人從不放下身段回應，我只見過唯一一次她們談話。」

「是什麼時候？那個場合？」

「大約是蝶婷夫人嫁進來三、四個月，是中秋節前二、三天，我只是遠遠看見她們站在進入內庭房間的大門說話。」

「她們說些什麼？」

「我離她們太遠聽不到，跟著我走回大門口當更，還有嫣紅太姨娘也看見她們說話呢，她經過我的身邊自言自說『她怎會跟我們說話呢？她的眼睛長在額頭上，瞧不起我們。』」

「當時還有沒有什麼人？」

「沒有了。不過妍玥姑奶奶離開時也一臉疑惑的表情。」

「妍玥姑媽什麼時候到來和離去？」

「姑奶奶一早來了，大概逗留兩個鐘頭離開。」

「妍玥姑媽到來幹啥？」

「來看太夫人。太夫人生了重病整天待在床上，妍玥姑奶奶每天來看太夫人，跟她聊天解悶。」

顧日凡想再替朱伯斟酒，朱伯擋著說：

「我喝得很多了，不能再喝。」

業成看一下幾個空酒樽大多數都是給朱伯喝掉說：

「那我們走了，你早點睡。」

「多謝業成少爺費心。」

業成送顧日凡出門，兩人在街上踱步。

「你跟妍玥姑媽商量雅婷的事情怎樣？」

「姑媽沉吟了很久，要我跟鶴齡叔父說一定要讓雅婷搬到姑媽家住。」

「很直接的說法，但是很難說服鶴齡伯父嘛？」

「我也這樣對姑媽說。」

「她怎樣回答？」

「姑媽要我跟鶴齡叔父說『不要助紂為虐，再唸七步詩。』」

「哎呀，又是那一句說話，怎麼打啞謎？助紂為虐是幫壞人做壞事，七步詩是兄弟鬩牆曹丕迫害曹植。」

「姑媽是否指殺死巧雲是我爹？叫鶴齡叔父不要迫害我爹。」

「怎麼會，妍玥姑媽不知道鶴齡伯父喜歡巧雲，阿嬌也說追求巧雲的恩客沒有松齡伯父。」

「怎樣想也不能將這二件事連在一起。」

「我們拿這句話去問鶴齡伯父。」

「今晚是十五月圓夜，鶴齡叔父會在『菡秀水榭』賞月淺酌，我們在那時見他，順便替雅婷收拾行李預備搬到姑媽家去。」

第十八章

晚上三人回到伍家，顧日凡、業成和雅婷走到後花園，此時玉兔東升，皓月如鏡，『菡秀水榭』四周點亮了幾個紅燈籠，泛出豔紅光彩，水榭裡放了八仙桌，幾碟冷菜，一盞紅燈罩的蝴蝶燈，燭光搖動，蝶影飛舞，燭影搖紅，裡面坐著一男一女，男的是鶴齡伯父，女子秀髮如雲、背影優雅，不時聽到女人清脆的斥責聲，兩人好像激烈地爭論某件重要的事情，爭得面紅耳熱，顧日凡納悶鶴齡伯父竟然明目張膽攜同玉人在家相見，走近才發現是滿面皺紋的藕夫人，藕夫人看見他們十分愕然，看見雅婷更加面露驚訝的表情，雅婷機靈的說：

「我還是先回房間收拾細軟，待明天一早搬到姑媽家。」雅婷說完，獨自離去。

「是你們，來喝一杯，剛才獨飲無趣，特邀藕夫人共酌。」

顧日凡看一眼滿面怒容的藕夫人、半滿的干邑白蘭地酒瓶說：

「只恐打擾了二位的雅興。」

「怕是顧先生不肯賞面。」

「我是小輩，恭敬不如從命。」

「我有事情要做，先離席。」藕夫人突然慍道，起身翩然而去，三人看著她步履如飛離去。

「藕夫人還真矯健，走路的姿態仍然優美有致。」

鶴齡不置可否，這時有一個小丫頭跑碎步來到水榭，交給鶴齡一封信，鶴齡拆信閱讀，業成忙著斟酒，將鬱金香型的酒杯注滿三份一，拿著杯腳輕輕轉動一周，雙手遞給鶴齡說：

「叔父，請。」

鶴齡將信小心地入回信封，接過酒杯聞了一下，轉向山上舉杯，啜飲一口。

「相看兩不厭，只有『夢蝶齋』。」

「顧先生，古今情詩，最動人心魄是那一句？」

顧日凡搜索枯腸後說：

「我選黃景仁的『似此星辰非昨夜，為誰風露立中宵。』」

「此句很好，透徹說明情愛是身不由己，只是未到最深處，最摯誠的感情是見不到心愛的人，使人形銷骨立也無怨無悔，是柳永的『衣帶漸寬終不悔，為伊消得人憔悴。』」

「你不覺得太沉重嗎？」

「給與的人不覺得，愛情是不可治愈的病，不能治愈是深陷入情愛中人不肯治愈，不願治愈，如墮無間地獄，不能自拔，以至瘋狂，愛是唯一的解藥。」

「伯父感觸至深。」

「我盼望是『死生契闊，與子相悅，執子之手，與之偕老。』」
「就是『春蠶到死絲方盡，蠟炬成灰淚始乾。』已經太遲了。」
「『兩情若是久長時，又豈是朝朝暮暮。』」
「那只是自欺欺人，『涉江采芙蓉，蘭澤多芳草。』伯父，佳人已逝。」
「『曾經滄海難為水，除卻巫山不是雲。』」
「只怕是『天長地久有時盡，此恨綿綿無絕期。』是長恨，伯父。」
「業成，你選那一首？」
業成不防有此一問，想了一下才答：
「我選『有美人兮，見之不忘，一日不見兮，思之如狂。』」
「那是《鳳求凰・琴歌》，業成在戀愛啊。」
「叔父，妍玥姑媽說要雅婷搬到她家住。」業成趁機說。
「妍玥姑媽在信中也提到要雅婷搬到她家去。」
業成連忙將雅婷遇襲的事情詳細告訴鶴齡，顧日凡拿出那顆鏤空金屬鈕扣問：
「伯父，你是否認得這顆鈕扣？中間有一座風車。」
顧日凡看著他的面色丕變說：
「不認得。」
「還有姑媽要我轉告你說『不要助紂為虐，再唸七步詩。』叔父，那是什麼意思？」

鶴齡低首沉吟了許久說：

「沒有特別的意思。」

「多謝叔父。」

「你這小子為什麼歡天喜地？」

「啊，我代雅婷高興。」

「顧先生，哪一首情詩是謎詩之最？」

顧日凡想了又想說：

「古今情詩紛陳，若說情謎詩，就要數到李商隱那幾首千古絕唱的無題詩。」

「那幾首無題詩還有不及，情謎詩之最是他的《錦瑟》。」

「我小時也時常常聽到你在『菡秀水榭』低吟《錦瑟》這首詩。」

鶴齡回他一個慘然一笑。

「《錦瑟》由許多寓意深遠、難解難明的典故組成，乍看好像互不關連拚湊在一起，卻是天衣無縫糅合，幻化無窮意象，意境迷離，令人墮入李義山佈下的迷魂陣，『無端』作引，當中恍惚虛渺，莫失莫忘，悽美哀怨，『惘然』結束，使人感到愛情的喟嘆，不離不棄。」

「它另有含意。」

「伯父高見，洗耳恭聽。」

「『錦瑟無端五十弦』，相傳古時的瑟是五十條弦，太帝命素女鼓之，素女技法精妙，撫瑟至極樂，眾人歡愉狂喜，至絕悲，眾人悲慟傷痛，太帝也不能禁，恐五十弦之瑟遺禍人間，將破之一半為二十五弦，此句是指人的感情澎湃，從來就是無端起浪，恨愛難料，令人瘋狂。」

「樂是天籟，自然之聲，也要有像瑟這樣樂器，才能借器物表達悲喜，人的情感發自內心，身由心控，不能自已，是否意指情愛能放不能收？」

「每人讀詩各有所感，各有所悟。『一弦一柱思華年』比較好解，是指琴瑟和諧，生活愉快，說的是說夫妻生活，只羨鴛鴦不羨仙，詩人卻用了一個「思」，是追思、回憶、悼念以前美好的日子，一切俱往矣！」

「哦。」

鶴齡不理他逕自說：

「『莊生曉夢迷蝴蝶』，說莊子夢中化蝶在世上逍遙自在，人蝶合一，忘記誰是自己，誰是蝴蝶，醒來後發覺自家仍是莊周，蝴蝶卻不知何往了？也不知何人對蝴蝶做過什麼事情了？為何害死了蝴蝶？莊子仍惦念夢中心愛的蝴蝶。」

「莊子羡慕夢中蝴蝶無拘無束、自由放任，不受紅塵俗事約束？」

「『望帝春心託杜鵑』，古蜀帝杜宇，逢水災讓位給鱉靈，鱉靈竟奪其妻子，望帝含恨而終，魂化杜鵑，日夜哀啼終吐血，此處借用了子規的悽音，對失去心上人的悲愴，可惜無論內心如何熾熱，也挽回不了不變的事實，只能日復一日，杜鵑啼血無處話悽涼。」

「為什麼無處話悽涼？」

「是世俗的規範，上天的意旨，無力反抗，含淚無可奈何接受。」

「那麼『滄海月明珠有淚』又何解？」

「傳說蚌生珠，每當月圓蚌對月張開，吸收月之精華養珠，海中鮫人泣淚成珠，月、珠、淚三而合一，一化三，月華清輝，淚眼生珠，意境淒美哀豔，如見一美人獨坐無垠幽暗裡，苦楚飲泣，冷冽月光照臉上，顆顆眼淚生明珠，愁天難補，恨海難填。」

「伯父想遠了。」

「『藍田日暖玉生煙』，藍田出美玉，和煦暖日溫灸美玉，遠看仙霧裊裊，近看似有若無，暗喻對美好生活的追求，只可惜徒勞無功，換來是『此情可待成追憶』，末了是悵然，又悵然，一切都是『只是當時已惘然』。」

「伯父在思念巧雲姑娘？」顧日凡單刀直入問。

「我想念她，不過她只是個幻影。」

「是否伊人已死？」業成僭越問。

「不，她沒有死，她永遠留在我心中。」

「那麼幻影的本尊呢？」顧日凡追問。

忽然一陣狂風驟至，吹得水榭旁的那棵茶花亂七八糟，好一陣子才平靜下來。

鶴齡看著血紅色的茶花唏噓出神。

「業勤說這棵茶花是傲菡夫人親手栽種，枯萎了又被藕夫人救活，欣欣向榮，傲菡夫人跟伯父鶼鰈情深？」

「我是傲菡的初戀，男人愛的份量跟女人不同。」鶴齡一口飲盡手中酒。

業成連忙為他添酒，鶴齡拿著酒杯看著他的『夢蝶齋』沉思，烏雲蓋月冷笑，罡風捲葉狂嘯，氛圍蕭殺，顧日凡感到鶴齡無心再談下去便說：

「伯父，我們先行告退了。」

「你們請便，還有你們就依著妍玥姑媽的意思，今晚帶雅婷到她那裡去。」

「知道了，叔父。」

兩人走遠，顧日凡問：

「為什麼鶴齡伯父會邀藕夫人喝酒？」

「有什麼好奇怪，從小到大我看見他們兩人經常同桌吃飯，舉杯同飲。」

「怎麼好像一家人？」

「他們本來就是親戚。等會我們送雅婷後到醫院實驗室留宿，好想喝過痛快。」

顧日凡回頭看水榭，看見縷縷輕煙，鶴齡把信燒掉。

第十九章

藕夫人對鏡子凝視，撫摸著臉上的皺紋忍不住哭了出來。

傲菡，你為鶴齡這個負心人所作的犧牲太大了，你為伍家生下業勤，同時也失去了你最美好的東西，他們將你棄如敝履，含恨終生，尤其是他，他將你全完忘記了。當時你爹告訴你要選他做東床快婿，你告訴我十分抗拒，你不喜歡盲婚啞嫁，堅持要看過他才決定，但是你對俊秀的外表、溫文儒雅的性情一見鍾情，為他著迷，開始交往，你每一次約會回來也喋喋不休地說過不停，說又發掘了他的優點，在你眼中他是完美的，如願以償與他結為夫婦，還帶著豐厚的嫁妝嫁到伍家。

你們的新婚生活很幸福，你每次都跟我說生活在童話裡，可是時光荏苒，你變得落落寡歡，跟我抱怨每天他忙於工作，把你忽視，對你也不及以往體貼，最令你憤懣不平是你打聽到他跟人客到妓寨應酬，你說那些下賤的女人看見他如蟻附羶，有好幾次他半夜才回家，你質問他為何尋花問柳，他給了荒謬的回答那些賤人有人脈，對伍家的生意發展有幫助，他對她們沒有感情。

最可惡是那個老頭子，他每次都護著鶴齡，也不想一下是你豐厚的嫁妝伍家才能有資金開店做生意，你瞧不起那個老頭，他是個煙鬼、色鬼，時時刻刻覬覦你的財產，還有那個老虔婆奶奶，常常跟你叨唸沒有孫子逗樂，最後更口出怨言你生不出孫子，要替鶴齡納妾，你聽到這話氣得冒火了，又沒能反駁，只能憋在心裡，躲在房子哭泣吞下眼淚，你好強要臉的性格給伍家一班頑鈍的傢伙整治了，鶴齡又不替你出頭，只是一味灌輸兒媳服從長輩是盡孝，你說生活如在冰窟裡，只有回到娘家才感受溫暖，你對我訴說你的委屈，我深深感受你的痛楚。

二年後你懷孕了，你喜孜孜告訴我，你充滿希望，我也替你高興，後來雅婕出世，你倒沒什麼，反正自己也是女生，他們失望了，沒給你好臉色，你仗著娘家的支援強勢對待他們，反而相安無事。幾年後那個老虔婆下了最通牒，要是生不出孫子必定替鶴齡納妾，你恨不得手刃那個老虔婆，不久你懷孕了，你充滿期待，到臨盤前你回娘家跟我相商量立下遺囑，委託我做遺囑執行人，防止你的財產落入伍家手裡，待雅婕及未出世的孩子長大交給他們，我問你為什麼要這樣做，你說感到在伍家生命受到威脅，萬一你有什麼不測，孩子的未來也有保障，我勉強答應了。

那天你胎動，你說要到醫院生孩子，老頭子和老虔婆不懷好意堅持伍家傳統生孩子要在家裡生，你折騰了一整天才生下業勤，再沒能跨出房門半步，何家知道消息立刻派出老嬤嬤到伍家服侍你，老嬤嬤不斷來報傳來壞消息，說你身體未能恢復，反而身體日漸衰弱，不似人形，這時那兩個壞蛋要求你離開伍家，你一怒之下立刻答應，你回到何家已經病入膏肓，世間無藥可救。

何家大為震怒，切斷了對伍家的援助，伍家發覺你帶去的豐厚嫁妝已不翼而飛，是你調度老嬤嬤像老鼠搬家將你的嫁妝一點一點偷偷運送回何家，他們又發覺你已經立下遺囑委託我做執行人，伍家沒有何家的支援，生意財務陷入空前危機，隨時會破產崩潰，一切蕩然無存，他們低聲下氣來求何家救濟，何家開出辛辣的條件，何家入股到伍家成為伍家的最大股東，借錢給他們成為債權人，還要到律師樓立下契約，伍家走投無路只能答應，我也順理成章進駐伍家為你撫養雅婕和業勤，伍家從此忌我七分，猶幸雅婕那野丫頭一見我就很親我，我不負你所託將雅婕和業勤養育成人，可是我卻不能代你挽留鶴齡那薄倖郎的心。

那兩個壞蛋一計不成，二計又生，自作主張為鶴齡續弦娶了一個有錢的寡婦，那個賤人囂張跋扈，恃寵而驕，不把我放在眼內，我恨鶴齡見異思遷，又恨他愚孝，但是我看見他迷惘英俊的臉龐，軟弱無助的神情，想起你從前對他種種痴戀，我也感受到你對他的深情，硬不起心腸責怪他，幸好有一天那個賤人死了，僕人發現她吞金自盡，那兩個壞蛋沒有報警，匆匆判斷那賤人自殺，草草埋葬，我懷疑他們謀財害命，不過既然沒有人追究，華人家裡死了個閒人也不是大不了的事情，我也懶得蹚渾水，但是他們點算那賤人的財產發覺是寥寥可數，暗裡恨那賤人是空心老倌，讓他們空歡喜一場，不，是我偷走了那賤人大部分財產，那樣我才能夠將伍家玩弄於指掌之間。

幾年後鶴齡又納了一個小妾，又是妓寨的賤貨，長得很美，當然不及傲菡你那樣美，可是她的狐媚功令男人難以抗拒，整天嗲聲嗲氣，用撒嬌的聲音跟鶴齡說話，又含情脈脈痴痴地看著鶴齡，恨得我怒火中燒，想要捏著她的臉賞她耳光，代你出一口烏氣，告訴她鶴齡是屬於傲菡你一個人，不屬於其他賤女人，事情過了幾個月，我無計可施之際，幸好我發現了一件事，在一個機緣巧合的場面我略施小計替你擺弄了那個賤人。

但是這沒有用的，那個賤人投海自盡後，鶴齡也沒有再娶，這十幾年來他每晚就在外面花天酒地跟其他女人纏綿，我真的鞭長莫及，抑鬱在心，最近他跟我說在外面跟一個妓寨阿姑有了孩子，我叱責他怎對得起你傲菡，嚴峻拒絕他迎娶那賤人過門，不過最大危機卻就在眼前，傲菡，你這個受迫害的靈魂，給我力量，讓我將鶴齡搶回來還給你。

第二十章

雅婷回到房間，面對塞滿衣櫃的衣服不知如何取捨，苦惱了半天，最後總算把日常要用的衣物帶走，日後回來再搬走其他，連同書藉、雜物也裝滿了兩個行李箱，雅婷吁了口氣坐著床上休息，想起剛才見到藕巫婆那副惡毒的表情，不寒而慄，為什麼她這樣憎恨我，我與她非親非故，前世無冤，今世無仇，她那怨毒的目光恨不得要把我碎屍萬段。

比起藕巫婆對我的憎恨，爹的態度更令人捉摸不定，他的表現很曖昧，小時他愛抱著我跟我說話，當我長大了，他又刻意疏遠我，我不像其他成長期的年輕女孩子故意躲著她們的父親，反之我很愛看到爹英俊的面孔，低沉磁性的聲音令人如飲蜜酒，他一舉手一投足也令我著迷，尤其是這一年來我時常捕捉到他偷偷看我溫柔的眼神，想撫摸我又自制的表情，看得我心盪神搖，那感覺跟業成哥看我不一樣，爹看我時總是帶著憐愛又自責，令人心癢癢又愛又恨，但是爹在人前人後時常責備又我使我覺得他不是那麼喜歡我，他這種忽冷忽熱的表現令我很困擾，我給爹逼瘋了，我不要想下去，明天就搬到姑媽去，想到以後不能時常見到爹了，十分沮喪。

「雅婷，我們可以進來嘛？」業成在門外叫道。

雅婷跑去開門說：

「有什麼事情啊？」

「妍玥姑媽說叫你今晚搬到她那裡去，你打包好了沒有？」

「這麼迫切？怎麼好像有點怪怪。」

「有什麼好怪？怕你見到藕夫人再起衝突，走吧。」業成二手揪起行李箱，顧日凡連忙過來幫忙。

第二天顧日凡和業成一早起床，業成說要去茶樓飲茶吃點心，顧日凡說那裡擠、亂、吵，不能專心說話，最終決定去「香港酒店」吃英式早餐。英式早餐由維多利亞時代初期開始，當時大英帝國經濟起飛，發展迅速，工人上班前必先吃一頓豐富的早餐，應付一天體力勞動的工作，維多利亞女皇倡議藝術，早餐也成了藝術。

全套英式早餐包括煙熏蜜糖煙肉、火腿、炒番茄、炒磨菇、脆皮煙肉碎、牛油炒蛋、麵包、英式小腸、豬血腸、熱吐司加牛油及多款果醬，配上一杯茶香撲鼻的紅茶，就是完美的早餐。

兩人吃下豐盛的食物，業成禁不住打了個飽嗝，鄰桌的兩個高雅的英國老太太露出厭惡的表情，其中一人不悅地對顧日凡說：

「年輕人，這是一個高尚的地方，在公眾地方打嗝是不禮貌的行為。這位英國紳士，請你約束下屬不雅的行為。」

「啊，對不起，親愛的女士，我代他向你道歉。」業成忍著笑說。

「都是你這個假洋鬼子惹的禍，黑狗得食，白狗當災。」顧日凡低聲說。

「為什麼那兩個洋婆子那樣在意打嗝？」

「洋人文化打嗝就是等於當眾放屁，在別人面前打嗝是侮辱對方的行為，剛才那個洋婦已經含蓄內斂地罵你。」

「不，她是罵你。」業成厚臉皮說。

「別那麼玩世不恭。」

「你對最近一連串發生的事情有什麼看法？」

「它們看似關連，但是我又找不到連結點，還有你們伍家二十年前那三起命案實在太離奇了。」

「你說我家那幾起命案跟最近巧雲被殺有關？你未免想像力太豐富了，那麼兇手是誰？傲菡夫人是離開伍家才去世，第二個小妾是吞金自盡，蝶婷夫人自己逃跑跳海溺斃，巧雲光天化日下，眾目睽睽被不知名的凶手刺死。」

「還有雅婷被兩個色魔模仿犯襲擊！」

「難不成你另有高知卓見解釋這五起不相連的案件？」

「她們有一個共通點。」

「是什麼？」

「跟鶴齡伯父有關係。」

業成噗哧笑出來說：

「傲菡夫人、小妾、蝶婷夫人跟叔父是夫妻關係，巧雲是情人，但是她們全死了，你懷疑叔父是兇手？前三人死時叔父都有明確的不在場證據，巧雲死時他還可以當現場證人。雅婷嘛，她是叔父的女兒，叔父從不愛惜雅婷，但不至於找人襲擊雅婷吧，你連疑犯是誰半個影兒也沒有，真不知道你怎樣破了無頭無臂女屍案。」

「是你誤打誤撞破了案。」

「哈、哈、哈，多謝賞光。」業成咧嘴笑道。

這時顧日凡瞥見雅婷釵橫鬢亂，慌惶失措闖進來，卻被侍者無情地攔著，飯店餐廳規定不招待華人單身女客，業成立刻上前解圍，雅婷看見業成即時抱著業成哭啼，餐廳的客人都好奇往他們瞧看，業成把雅婷帶到外面的大堂去，顧日凡急忙結了賬走出去，只見雅婷摟緊業成放聲大哭，路人皆對著業成流露鄙視的眼光，弄得業成非常尷尬，顧日凡暗笑問：

「發生了什麼事情？」

「我們要回家，叔父死了。」

「鶴齡伯父死了？很突然啊。」

「是急病死了，今早松齡伯父找他上班時發現。」

「你們先回去，我改天到你家弔喪再談。」

業成與雅婷匆匆離去，顧日凡踱步回醫院，想著鶴齡死前他、妍玥和雅婕的行為實在太蹊蹺古怪了。

二日後，顧日凡穿著黑西裝繫了黑領帶來到伍家，伍家商場朋友很多，來弔喪的人絡繹不絕，業昌、業勤、雅婷、業成及其他後輩跪在靈堂前對弔慰者謝禮，獨不見雅婕有點奇怪，想著雅婕是已出嫁的女兒，斷不會為娘家辦喪事，顧日凡鞠躬行禮後溜到後花園到處蹓躂，意外地看見嫣紅太姨娘在『菡秀水榭』休憩，茗茶賞花，怡然自得。

「你好啊，嫣紅太姨娘。」

「你好，大捕頭，又在找什麼？」

「我像找東西嗎？」

「都寫在你的臉上。」

「怎麼不見了藕夫人？」

「你要是找那個妖婦，到陰曹地府找她吧。」

顧日凡驚訝地看著嫣紅幸災樂禍的表情問：

「她死了？如何死的？」

「二天前，急病死的。」

「怎麼跟鶴齡伯父一樣猝死？你如何知道？」

「二天前我已經發覺不見了那個賤人的踪影，兀自奇怪，昨天雅婕回家看老太爺，我無意中聽到她說那個賤人在何家急病去世，今天下葬，還解釋二家都是喪家，避免相沖，何家不前來弔喪了，特來說明以免伍家誤會何家不懂禮數。」

「她是昨天死去？還是前天死去？」

「我才懶得知道？我只覺得天色晴朗了，空氣也變得清新。」

「聽說藕夫人曾經跟你說話，還侮辱了你。」

「那是唯一的一次，那天我服侍老太爺燒福壽膏後跑出來透透氣，那個賤人對我說『你，老爺叫你去那個掮客拿福壽膏新貨。』」嫣紅仍深深不忿說。

「為什麼你不去向太老爺確認？」

「我怕給他纏住脫不了身。」

「脫不了身？」

「用一下你腦袋，你的腦袋一定又大又重呢。那個賤人繼續對我說『你，還不去辦事，伍家由我作主。』我氣得冒煙又不能不去，含恨離去，半路回頭對著那個賤人詛咒，看見那個賤人跟蝶婷說話，她最憎恨我們兩個，到處說我們是汙穢的人，甚至比不上家裡的丫頭清白。」

「你有沒有聽到她們的說話？」

「沒有。我看見蝶婷面露半信半疑的表情，那個賤人看見我還在逗留上前對著我喝道『你，犯賤嗎？還不快點去，那裡是你最親的老家。』我聽了氣得火了轉身就走，瞥見妍玥在她們身旁經過。」

「你去了多久？」

「那個揹客住在塘西，我來回用了將近三個小時。」

「回來有沒有事情發生？」

「沒有，一切如常。你問夠沒有？怎麼你專門愛挖別人的私事？」

「太姨娘見多識廣，健談風趣，我獲益良多。」

「你就是愛耍嘴皮子。」

嫣紅轉頭看花不再理會他，顧日凡離去，經過朱伯的房間探頭往裡頭看發現朱伯拿著酒杯自斟自飲，顧日凡問：

「朱伯，外頭忙得不可交關，怎麼你不去幫忙？」

「他們嫌我老不中用，派了一些後生代替我。」朱伯滿腹牢騷說。

「他們真不識寶，家有一老，如有一寶嘛。」

「我才不管他們怎樣想。顧先生，我有一些事要告訴你，進來再說。」朱伯突然壓低嗓子說。

朱伯張羅了一會給顧日凡倒了一杯酒說：

「二天前的晚上我遇到一些古怪的事情？」

「二天前大約九點我和業成送雅婷到姸玥姑媽家裡去，古怪的事情發生在我們離去之後？」

「是的，你們離去時是一更，到了二更響起我去檢查大宅的門戶是否關妥，經過裡面的房間看見松齡老爺在鶴齡房間門外叫喚鶴齡老爺，我沒有理會走到後花園去，之後我返回經過房間，看見雅婷小姐房間的房門打開了，我明明記得我第一次經過時雅婷小姐房間的門是關緊，我上前看個究竟，看見床上躺了一個人，便用燈籠照看，發現鶴齡老爺躺在上面，正想進去叫醒他，突然松齡老爺吆喝『你在幹嘛，偷看什麼？』我告訴松齡老爺原因，還問鶴齡老爺是否喝醉走錯了房間？松齡老爺罵道『這裡沒有你的事情，快點出去。』我聽了連忙趕快逃跑，轉身又看見藕夫人的房門打開了，我去後花園時明明看清楚藕夫人的房門是關了，為什麼她的房門也打開，難不成是藕夫人自己打開？」

「你看見鶴齡伯父時他是什麼情況？」

「隔了一些椅、桌，而且房間昏暗，我看不清楚。」

「椅桌有沒有東歪西倒？」

「沒有，一切都很整齊。」

「那麼藕夫人是什麼時候離開伍家？」

「我不知道。當我回到房間後一會，松齡老爺要出門，還叮囑叫我一定要等他的門，如是者過了大約兩個小時松齡老爺回來，還帶了一個洋人。」

「是否醫生？」

「不，是雅婕小姐的約翰先生，兩人匆匆走到裡面，不一會兩人抱著一個用床單包得密封的人形物體出來，搬到在門外等候的汽車上，情況就如當年傲菡夫人一樣，但這一次我清楚看見雅婕小姐坐在副駕駛座，之後汽車開走了松齡老爺鬆了一口氣，強烈警告我不要告訴任何人前晚的事情，我想那個人形物體是藕夫人。昨天早上就發現鶴齡老爺急病死了。」

「誰發現鶴齡伯父死了？在那裡？」

「是松齡老爺在鶴齡老爺的房間發現他死了。」

「有沒有叫大夫來看鶴齡伯父？」

「沒有，只是叫老太爺來看鶴齡老爺，過了不久就老太爺宣報鶴齡老爺心臟病發死了，接著發喪。」

「一切事情都來得很急。你懷疑什麼？」

「我不敢懷疑什麼，只是我偶然聽到殯儀的人偷偷議論鶴齡老爺的左邊胸口有一個血洞。」

「這些事你有沒有跟別人說？」

「沒有。」

「你不要說出去，要不然松齡伯父將你趕出家門。」

朱伯嚇唬得臉色雪白不再多說。

顧日凡離去。他在電車上想如果鶴齡不是急病死去，而是他殺？他左胸的心臟被刺穿，兇手會是誰？松齡？可是松齡在那天晚上發現鶴齡被刺殺後不張揚出去，反而急忙跑去找雅婕，兩人商量過後立刻回到伍家抱了一個人離去，第二天訛稱鶴齡急病而死，但是這樣做也要太老爺首肯？那麼松齡、雅婕、太老爺共同守著一個祕密，這一點足已證明松齡不是兇手，而是屍體發現者，松齡和約翰抱走那一個人一定是藕夫人，當時藕夫人可能已經受傷，甚至死亡？為什麼鶴齡會死在雅婷的房間裡？房間沒有打鬥的痕跡，鶴齡沒有反抗嗎？是否鶴齡喝醉了酒走錯入雅婷的房間？藕夫人跟著他到房間發生爭執用利器殺死鶴齡，慢著，這樣推斷下去藕夫人是帶備利器進入房間，藕夫人有著要殺死鶴齡的決心，藕夫人有什麼動機？當晚在『菡秀水榭』他們曾發生爭執，藕夫人戀上了鶴齡得不到回應，因恨殺人？兩人的年齡外貌差距那麼大，客觀條件來看鶴齡斷不會喜歡藕夫人，既然不是二情相悅，又沒有承諾，那只是藕夫人的單戀，是否鶴齡欺騙了她？但是當天雅婷突然跑進鶴齡的房間，發覺兩人衣衫不整從睡房走出來啊！

顧日凡來到黃泥涌跑馬地，當地人叫這裡做「快活谷」，並不是指建了跑馬場供洋人社交耍樂，是暗喻從香港開埠以來這裡用作埋葬客死異鄉的外國人，往生極樂世界的地方，而且續漸形成不同區間，分隔成猶太人墳場、波斯人墳場、歐州人墳場，最大的墳地是天主教墳場。

顧日凡來到的時候找了一會，見到遠處唯一有人下葬，移近看到只有寥寥數人送葬，一個老女人似乎是僕人扶著雅婕，兩人臉上罩著黑紗、穿上黑色的衣服無言哀悼，神父捧著聖經唸唸有詞誦讀祈禱文，神父讀畢後雅婕拿起一支小鏟倒了一掇泥土在灑在棺材上，其他人也陸續放上玫瑰花，他沒再多看，繞道走到一間簡陋的磚屋前，一個瘦癟佝僂的老人坐木椅上，旁邊的小木桶放著一束束的鮮花。

「阿伯，這個花束多少錢？」

「一毛錢一束。」

顧日凡掏出五毛錢給他說：

「不用找了。阿伯，你在這裡幹了多久？」

「差不多三十年了。」

「這裡生活很孤清？」

「也沒什麼了，過慣了。」

「這裡葬的都是什麼人？」

「都是一些教友、慕道者和神職人員。」

「那邊下葬的可是何家的人？」

「他們家族都葬在同一區。」

「何家在香港可是顯赫的家族，為什麼葬禮會那樣冷清？」

「聽說死了個老嬤嬤，送葬的人來得這麼少，真是人心不古，世態炎涼。」

顧日凡想藕夫人是何家的遠房親戚，地位崇高的長輩，為什麼只得雅婕、她的丈夫約翰和一個老僕人到來送葬，那麼其他同輩朋友和小輩呢？藕夫人真是孤苦伶仃，身邊沒有半個親人。

顧日凡看著何家的人離去，走到藕夫人墳前，墳墓四角裝飾了雲石雕成的小天使，後面兩個展開翅膀，一個雙手交叉在胸前，一個斂首低眉合十，面露慈悲憐憫的表情，像是接引藕夫人的靈魂到天堂與天父重聚。藕夫人猝然而逝，匆匆下葬，墓碑未能及時安放，顧日凡放下花束，默哀了一會後續一檢視其他墳墓，何氏家族於香港開埠已經有族人下葬於此，七十年來風雨洗禮，歲月摧殘，許多古舊的墳墓已經長滿青苔，墓碑斑駁崩裂破損，顧日凡從最古老的墳墓細仔觀察到最近的，再從頭看一遍，為什麼會沒有？難道在別的地方？

顧日凡踟躕了一會，踏出陰鬱靜謐的墓園，剛好趕上了到站的電車去他相熟的裁縫店，之後回到醫院整理事件的筆記，現在什麼也不能做，只給業成捎信，著他有空到來，去探訪另一個重要的證人翠蓮。

第二十一章

滿七過後，業成依約來到醫院的實驗室，身穿素服，俊俏的臉龐多了一點憔悴，更顯魅力，對顧日凡說：

「嗨，事件有什麼進展？等會我還要回家幫忙。」

「雅婷怎麼樣？」

「整天悶悶不樂，以淚洗臉，想不到她對鶴齡伯父的感情這樣深，令人意外，鶴齡叔父生前跟她不大親近。」

「她現在還住在妍玥姑媽那裡嗎？」

「不了，自從鶴齡伯父死後，姑媽已不再堅持雅婷離開伍家。」

「妍玥姑媽對鶴齡伯父和藕夫人之死反應怎樣？」

「她對兩人忽然同時急病死去感到奇怪。對叔父死去感到哀傷，對藕夫人之死反而鬆了一口氣。」

「真的是很詭譎，難道兩人沒有交情？」

「有的都是泛泛之交，禮節十分周到。」

「啊。」

顧日凡告訴他們房朱伯的證辭，業成聽後說：

「怪不得松齡伯父打發朱伯告老還鄉，朱伯臨走前上了『夢蝶館』跟爺爺談了半天，爺爺給了他一筆錢足夠他在鄉下養老渡過餘生，朱伯還給爺爺叩了頭。」

「你怎會知道？」

「是我送他到火車站搭火車，途中他滔滔不絕說爺爺對他很好，捨不得離開伍家，可是為了伍家他不得不走，當我問到他跟爺爺說過些什麼，他立刻變了另一個人，不肯再說話，只說他什麼也不會告訴我。」

「老太爺告誡了他叫他閉嘴，守口如瓶。」

「為什麼要弄得這樣神祕，還要遣走朱伯，鶴齡伯父和藕夫人之死莫非事有蹊蹺？」

「還有雅婕大姊才是事件的核心人物。」

「事情越來越古怪，接下來我們要做什麼？」

「我們要去探訪翠蓮。」

「為啥？」

「偵訊她嘛，她服侍傲菡夫人十年，最熟悉傲菡夫人。」

「事件又跟死去二十年的傲菡夫人有關連？」

「我們什麼時候去找翠蓮？」

「就今天吧。」

「你不是說沒空嗎？」

「你把事情搞得我心癢癢，我非要弄清楚不可，最多晚一點回家。」

「那麼走吧？」

兩人走路到中環搭乘天星小輪到尖沙咀，叫了人力車到油麻地。

油麻地是一個海灣，以前有一個沙州，停泊了不少來自大陸的漁船，當地人多是經營船艇維修，販賣麻纜、漁具、桐油等捕漁業物品，漁民將此地作為補給站，久而久之約定俗成叫這裡做「油麻地」。

人力車停在一間叫「得記」的雜貨鋪門前，付過車資，業成領著顧日凡走進店鋪，一個穿著一件藍色洗得發白的短衣、牛頭褲的精壯小伙子看到業成向裡面叫：

「老媽子，業成少爺來找你。」

語音剛落，一個清秀苗條的中年女子細步走出來斥責他說：

「臭小子，給老媽一點面子，不要在人前人後叫我老媽子。」

小子伸了一下舌頭到別處幹活。

「蓮姨，這是送給你的。」業成交給翠蓮一包光酥餅和合桃酥說。

「業成少爺真有我心，你帶著孝，家裡死了人？」

「鶴齡叔父急病過身。」

「鶴齡老爺正值壯年，怎麼會說走就走，真令人難過。嗯，你不會是特意到來告訴我這件事情吧？」

「蓮姨你真是看透人心。我來找你是打聽以前的事情，這是我的同學顧日凡。」

「顧先生，你好。我們找一處清靜的地方談吧。」翠蓮機伶的說，回頭對那小子說：

「臭小子，我們出去一會，你好生看店，這些餅是業成少爺買給你吃的。」

「多謝業成少爺。」小子接過餅食，笑得燦爛說。

三人相偕而行一路無話，踱步到榕樹頭天后廟，此廟初建於清朝中葉，後來屢毀屢建，至今已有百多年歷史，廟內保存了許多文物如石獅塑像、銅鐘和紀念碑誌等，廟前是一片空地，二旁榕樹數棵，不少小販擺攤、江湖浪人賣藝，遊人不絕，面對海灣，船隻擠在一起，鱗次櫛比，清風徐來，一副昇平無憂的景象，三人來到一張石桌、幾張石凳坐下，業成說：

「蓮姨好福氣，有自己的店，兩個兒子又爭氣。」

「都是託傲菡夫人的福氣，我才有今天的日子，剛才那個是大兒子，他不愛唸書要在店裡幫忙，說好歹也是一盤自家的生意，還誇口說未來開分店，小兒子在政府開設的中學唸書。」

「你兩個兒子好志氣啊。」

「也要英國人在香港建立了一個較公平和健全的社會制度。」顧日凡插嘴說。

「是啊，業成少爺，你想知道些什麼？」

業成看著顧日凡，顧日凡說：

「姨蓮，你服侍傲菡夫人有十年，我想傲菡夫人一定有過人之處你才能跟她那麼久？」

「傲菡夫人長得很漂亮，性情剛強，很有男兒氣概，但始終是個女人，過不了情關。」

「這話怎說？」

「這是做女人的苦命，逃不過世俗的眼光，要生兒子，服侍翁姑，又要持家，古有名訓『三從四德』，綁得女人緊緊，華人媳婦很難熬，傲菡夫人為人能幹總能應付過去，可是眼巴巴看著丈夫拈花惹草，好強如傲菡夫人也不容易挺過去。」

「是否鶴齡伯父移情別戀？」

「我想傲菡夫人愛鶴齡老爺深過鶴齡老爺愛傲菡夫人，傲菡夫人對他千依百順，任何事只要鶴齡老爺說不，傲菡夫人總是依他的，唯獨是鶴齡老爺跟其他女子親熱，可是華人風俗容許男人三妻四妾，這使得傲菡夫人每每只能強忍，太夫人還時常數落傲菡夫人要三從四德，萬事以夫婿為先，又埋怨她生不出孫子，使得傲菡夫人猶如置身水深火熱之中。」

顧日凡聽出話中有話問道：

「那麼他們一定有許多爭執咯？」

「有一次鶴齡老爺喝完花酒回來，走進房間時口中竟喊著別的女子名字，傲菡夫人聽得冒火與他大吵大鬧，我在旁邊左右為難，爭吵中傲菡夫人竟出手打了鶴齡老爺一下耳光，鶴齡老爺給打得酒醒，瞪著眼紅著臉說不出話，傲菡夫人也愣住，想不到自己會打鶴齡老爺，情急之下反身撲在床上哭泣，此時鶴齡老爺心軟了上前抱緊傲菡夫人，傲菡夫人轉身摟抱他說『女人的愛與恨只差一線，女人最恨是男人背叛她的感情，最愛是令她最痛苦的男人。』兩人喁喁細語，和好如初，我躡手躡腳離去。」

「真是蕩氣迴腸。」

「鶴齡老爺發怒時也很好看，又多情，也怪不了傲菡夫人對他痴戀。」

「雅婕大姐小時怎樣？」

「她從來就不是一個乖寶寶，二、三歲時一定要媽媽睡在身旁，可是每晚她也夢醒六、七次，每次醒來都喊喚媽媽，別人碰她不得，就是鶴齡老爺抱她也被她狠狠拒絕，傲菡夫人整晚就活在清醒和迷糊之間，可是傲菡夫人毫無怨言，後來傲菡夫人死了，雅婕小姐卻沒有哭哭啼啼，只是纏著我問傲菡夫人什麼時候回來，一臉期盼，大家聽了也心酸，我不禁落淚，直到藕夫人到來，雅婕小姐立刻黏著她，當她是親媽媽，回復昔日的模樣，大家才鬆一口氣。」

「你是傲菡夫人的貼身丫環，她產下業勤，理應服侍她生產後坐月子的事情？」

「有哇，我服侍傲菡夫人二、三天，夫人突然叫我偷偷捎信到何家，不要讓家裡的人知道，還說送信後叫我在何家等候回覆，我等了很久，何老夫人帶著一個老嬤嬤出來說要跟我一同回伍家，後來何老夫人、老嬤嬤跟老太爺和鶴齡老爺談了許久，何老夫人離去，老嬤嬤留下服侍傲菡夫人，以後我再也沒有踏進傲菡夫人的房間。」

「那真的很奇怪耶。你有沒有留意什麼特別的事情？」

「沒有啊。」

「你再想清楚。」

「只有一件小事情，那是傲菡夫人生了業勤少爺的二、三天後，她好像老了幾年，我比傲菡夫人小三歲，當時傲菡夫人只不過是二十五歲，可是看上去像中年婦人，不知是否生產時傷了元氣，但是我記得傲菡夫人生下雅婕小姐之後，她仍像個少女。」

顧日凡想了一會說：

「那麼傲菡夫人如何死去？」

「我不知道。傲菡夫人突然在兩個星期後離開伍家，像是一夜消失，過了幾個星期我到何家探望傲菡夫人，我在門廊等了一會，那個曾經到伍家服侍傲菡夫人的老嬤嬤接見我，她的態度很親切，拉著我的手說『翠蓮，你真是好孩子，伍家只有你真正關心傲菡夫人，不過夫人的病很嚴重，不能見客，她叫我多謝你的關懷，還說我的事情她已經安排妥當了。』不久就傳來傲菡夫人的死訊。」

「那時你在何家有沒有見到藕夫人？」

「沒有。」

「那麼藕夫人是何時到來伍家？」

「大約是傲菡夫人死後五、六個月。」

「她來到之後怎樣？」

「藕夫人代替了傲菡夫人主持中饋之事，但是權力更大，她到來不久遣散了所有舊僕人，只賸下我和朱伯，老太爺和老太夫人似乎很怕她，沒有異議。藕夫人派遣老嬤嬤對我說『以前傲菡夫人安排你相親，雙方都滿意，婚事已定下來，藕夫人擇了個好日子讓你從伍家風風光光出嫁，還有傲菡夫人留了一筆嫁妝給你，讓你二口子有本錢做生意。』我真的很多謝傲菡夫人，為什麼這樣好人卻早逝？」

「那麼你從未親身見過藕夫人、聽過她說話咯？」

「沒有，都是老嬤嬤傳話，我只是有時碰見她，不過，我覺得藕夫人和傲菡夫人有點像，我不是說兩人的年紀，而是藕夫人的行為舉止小動作，她那娟秀的眉毛，灰色明亮的眼眸，尤其是她耳朵的形狀跟傲菡夫人簡直是一模一樣。」

「真的很奇妙。」

「聽說傲菡夫人和藕夫人是親戚，藕夫人是傲菡夫人的奶娘，一手帶大傲菡夫人，她們長得相似也不出奇。」

「蓮姨，藕夫人也急病死了」業成插嘴說。

「啊！另一個好人也死了，那真是天不見憐。」

翠蓮面露悲哀不再說話。

「蓮姨，我們沒有東西要問了，真的多謝你。」

「那我回去了。」

「我也要趕回家去，再見。」業成說，匆匆招了一輛人力車上路。

顧日凡看著兩人離去，慢慢走向尖沙嘴方向，打算走路到碼頭，邊走邊想東西，突然靈機一動，向前跑步，跑了一個街口追上了翠蓮，翠蓮被他臉青唇白，不斷吁氣的表情嚇了一跳。

「蓮姨，剛才你不是說藕夫人的耳朵跟傲菡夫人一模一樣嗎？」

「是啊，一模一樣。」

「多謝你，真的很多謝你。」

顧日凡立刻攔下一輛人力車，留下翠蓮不解地看著他揚長而去。

他催車夫快點到尖沙嘴碼頭，乘船過海，上岸吹了一響口哨，招了一輛馬車直奔跑馬地。

終章

業成忙家裡的事忙了二天，顧日凡竟沒有來找他，隔天早上空閒下來便去醫院探個究竟，來到實驗室見滿地醫書，顧日凡就埋在書堆裡，滿面鬍渣，齷齪邋遢，雙眼通紅，像是二天沒有睡覺，看見業成說：

「你來了，我已找到線索。」

「是什麼？」

顧日凡睡眼半闔看了他一眼說：

「等會跟你見一個人。」

「何人？」

「雅婕大姐。還有鶴齡伯父闡釋《錦瑟》透露了真相。」

「什麼真相？」

顧日凡沒有再回答，爬上沙發躺下，不久就打呼睡著了，業成無聊得很，翻看顧日凡的書堆，發覺全是皮膚病的醫書和關聯的文獻，他拿起一本讀得津津有味。

到了下午顧日凡才睡醒，他連忙梳洗刮鬍子，兩人到市場吃過雲吞麵做午餐後向半山出發。

業成拉了幾下門鈴，過了一會雅婕親自開門，露出厭惡的表情，以冷漠的目光看著他們。

「雅婕大姐，我們到來求證。」顧日凡恭謹的說。

「求證什麼？」

「藕夫人上不了天堂。」

雅婕臉色大變，倒抽一口氣說：

「你知道了？」

「小生不才，但也想通了。」

「進來吧。」

雅婕領他們到一個房間，內裡是棕色桃木裝潢，隔音良好，入口的右面是一個祭台、兩個小窗，祭台上擺著一個耶穌釘在十字架的黃楊木雕像，左右有精美的燭台，其餘二邊牆壁是到頂的書架，放滿了排列整齊的書藉，氛圍莊嚴寧靜，二張舒適的沙發成直角放在房間左邊，沙發之間的小桌子放著枱燈，前面是茶几，房間可用作書房或祈禱室。下女奉上香茗後雅婕叮囑她沒事不要進來，主客安坐，顧日凡說：

「事情要由二十年前說起，雅婕大姐當年五歲，傲菡夫人產下業勤後死去，對嗎？雅婕大姐。」

「是的，媽媽當時生不如死，那種方式走了對她好過點。」雅婕嘆了一口氣說。

「傲菡夫人在何家去世，沒有可疑之處。何家派遣了藕夫人代替傲菡夫人到伍家照顧雅婕大姐和業勤，還主持伍家中饋之事。接著鶴齡伯父納了第一位小妾。」

「你調查得很清楚。」

「過了幾個月，小妾死了，吞金自盡，死在上鎖的房間裡，太老爺裁定她是自殺死了，可是小妾為什麼要自殺？」

「年代久遠，誰能知道？」

「小妾不是自殺，是謀殺。兇案發生在晚上，鶴齡伯父的房間不是密室，房間外面是一個小花園，有一道十尺高牆隔開了外面的『亦乎軒』，『亦乎軒』那一邊有一座七、八尺高的太湖石接近高牆，太湖石長滿了大小不一的孔洞，兇手就是握著和踏著那些孔洞攀爬到太湖石頂上，再由那裡扶著高牆頂端翻過牆到鶴齡伯父房間的小花園，進入房間強行將銀錠塞入小妾的喉嚨令她窒息而死，然後再由小花園的宮粉羊蹄甲樹爬上高牆，攀過太湖石回到地面。」

「根據你的推論，兇手攀石爬牆，翻騰跳躍，身體十分強壯，小妾生得嬌小，但要制服她也很費勁，那麼結論是兇手身手矯健，身量比小妾高，當時的女子纏足，根本不能勝任，兇手是男人。」

顧日凡不理會業成繼續說：

「當兇手由太湖石跳下地面，剛巧被巡更的朱伯發現，追逐兇手，兇手跑進『亦乎軒』，朱伯抓住兇手的斗蓬，卻發覺『亦乎軒』沒有人踪。」

「兇手怎樣逃脫？」

「『亦乎軒』有一塊很大的雲石屏風。」

「你說朱伯抓住兇手的斗篷時，兇手金蟬退殼從屏風另一頭的出口走回後花園，跑進屋內，再由大門離去。」

「這樣說明凶手對伍家的環境十分熟悉。朱伯回到大門當更後，門栓仍牢牢攔著大門，那一道門栓十分笨重，要合兩人之力才可卸下。」

「你指控兇手是伍家的人？」

「朱伯抓不到兇手，茫然不知之際卻發覺藕夫人在他的身後。」

「真是無稽之談，藕媽媽跟小妾之死無可能有關係，藕媽媽那時已經很老了。」雅婕打岔說。

「我又沒說年老的藕媽媽有關連啊。」顧日凡語重深長地看著雅婕說。

雅婕旋即閉口不說話。

「過了幾年後，鶴齡伯父找到心儀的蝶婷夫人，迎娶她入門，兩人如魚得水，如花美眷，羨煞旁人，直到發生了一件事，這一件事就是摧毀鶴齡伯父與蝶婷夫人幸福人生的轉捩點。」

「你挖了許多伍家的祕密，是什麼事情？」

「有一天老太爺抽了鴉片，那不是普通的鴉片，是摻雜了其他化學物品的鴉片，極有可能是含有強力春藥的鴉片。」

「你怎知道？」

「那天我到伍家弔喪時問了嫣紅太姨娘，她的證辭說『那天我服侍老太爺燒福壽膏後跑出來透透氣，藕夫人指令她到塘西的掮客取福壽膏新貨。』我問她為什麼不向老太爺確認，嫣紅答道『我怕給他纏住脫不了身。』」

「那又怎樣？」

「為什麼嫣紅太姨娘怕給纏住脫不了身？是太老爺吃了加料的鴉片極需要女子的身體，上一次無頭無臂的女屍案間接證實了這一點。」

雅婕臉上露出一絲驚訝，很快回服平靜。

「嫣紅太姨娘又再證實蝶婷夫人聽了藕夫人的說話，露出半信半疑的表情，究竟藕夫人告訴了蝶婷夫人什麼？」

「什麼說話？」

「藕夫人對蝶婷夫人說太老爺要見她，妍玥姑媽也聽到了。嫣紅太姨娘另一句證詞說『當她離去取福壽膏，她回頭詛咒藕夫人，看見妍玥姑媽在藕夫人和蝶婷夫人身旁經過。』」

「就算妍玥姑媽聽到藕夫人叫蝶婷夫人進入爺爺的房間，妍玥姑媽也不知道蝶婷夫人進入爺爺房間後發生什麼事情？」

「你說得對，當時姸玥姑媽並未意識到什麼事情，可是雅婷遇襲後，姸玥姑媽將幾件事情串連起來，就得到可怕的結論。」

「什麼可怕結論？」

「事情有先後次序。我們回到蝶婷夫人進入太老爺的房間後發生了什麼事情？太老爺抽了加了春藥的福壽膏，慾火焚身，藕夫人用計支開了嫣紅太姨娘，故意叫蝶婷夫人到太老爺的房間，讓太老爺蹂躪了蝶婷夫人。」

「不，媽媽不會這樣做！」

「媽媽？」業成不其然問。

雅婕立時閉嘴。

「之後蝶婷夫人變得落落寡歡，知道懷了孕後更每天以淚洗臉，生下雅婷後變得瘋瘋癲癲，逃跑上街投海而死。始作俑者就是藕夫人，她處心積慮佈置了一個惡毒的陷阱把蝶婷夫人推下去，徹底毀掉蝶婷夫人的人生，和鶴齡伯父的幸福。」

「藕夫人的行逕是嫉妒蝶婷夫人，可是為什麼她要這樣做？」

「我遲一點會解釋藕夫人的動機。最近鶴齡伯父認識了巧雲姑娘，你還記得巧雲姑娘的模樣嗎？」

「巧雲姑娘長得十分標緻，有幾分似雅婷，呀，她真的很像雅婷。」

「是啊，巧雲長得像雅婷，雅婷也長得像蝶婷夫人，這一點朱伯也說過雅婷長得貌似蝶婷夫人，但還不遠及蝶婷夫人，可見蝶婷夫人美貌出眾如天仙化人，巧雲就是憑半點形似蝶婷夫人吸引了鶴齡伯父，更不幸是巧雲懷了鶴齡伯父的孩子，招至殺身之禍。」

「就是巧雲長得像蝶婷夫人和有了鶴齡伯父的孩子，兇手就要幹掉巧雲？」

「巧雲的丫頭阿嬌的證辭說『有一個戴卜帽、黑眼鏡、穿馬褂，滿頭白髮、臉皮下垂的老傢伙跟巧雲姐面對面擠壓在一起時，神情很兇，但是他們很快就分開了。』」

「上次我們已經討論過兇手是個男人。」

「阿嬌說那個老男人的形象我曾經看過，我盡力回憶，終於想到我們在尋找喜兒，在塘西一間酒家吃晚飯，看過同一個老男人，不過那一個是頭髮半白，阿嬌看見那個是全白，當時在酒家我們還看見了巧雲應召到酒家出飯局，有客人調侃只有鶴齡伯父才能叫得動巧雲喝酒，足以證明他們的關係非比尋常，同一個老男人在不同場合出現不是巧合，這個老男人是盯梢鶴齡伯父而來。」

「他到塘西的目的是什麼？」

「他要找出鶴齡伯父黏上是什麼樣的女人？」

「巧雲嘛，根據你的推理那個老男人根本不認識巧雲，為什麼那個老男人要刺殺一個他毫不認識的女人？」

「我說過兇手並不是男人，是女人變裝，她戴上黑眼鏡隱藏了眼睛的顏色、卜帽和寬闊的馬褂就能掩藏她女人的身體。」

「也要她有一般男人的高度才能成功?還有他是滿頭白髮。」

「業成，你不是曾經化驗兩個粉末的樣本嗎?一個是從巧雲臉上刮下來，一個是從後巷小水窪挑上來的，你告訴我兩個樣本都是是含有澱粉質的粉末，就是煮菜用來勾茨的生粉、豆粉和淀粉，只要將此等粉末塗在頭髮上，梳得均勻，烏黑的頭髮立時染得變白，要將它洗掉也很容易，用水沖洗便很容易洗掉。還有我們遇見了藕夫人。」

「是巧雲在飄色巡遊行被殺之後。」

「藕夫人的頭髮正是濕漉漉。」

「她說『潔淨局』的工作人員洗街時將她淋濕。」

「不，那是她的託詞，是她自己淋濕自己，我們看見藕夫人從小巷走出來，你說藕夫人嫌棄華人，不會走進華人齷齪居住的地方，她怎會在那地方出現?我走進小巷沒有別人，發現水井旁邊濕透，但是其他地方是乾巴巴，分明剛才有人用水沖洗過什麼，還在水窪裡留下那些粉末，而且我在她的包包裡發現了一角像馬褂的服裝，若將案情重組，最先藕夫人喬裝成老男人，戴上黑眼鏡掩藏她灰色眼眸，跟著鶴齡伯父到塘西的酒家，發現了巧雲這個情敵，後來跟蹤鶴齡伯父到飄色巡遊，之後拋下燃點的炮竹，引發騷亂，混亂中用刀刺殺巧雲，跑到小巷裡，用水洗刷頭上的白色粉末，回復黑髮，脫掉馬褂藏進包包裡，立刻由一個白髮蒼蒼的老男人變身回藕夫人。」

「你的推論有漏洞，藕夫人如何探知兩人見面，鶴齡叔父絕對不會主動告訴藕夫人。」

「我不是說過巧雲有了鶴齡伯父的孩子嗎？鶴齡伯父曾經跟藕夫人商量迎娶一個女子過門。」

「為什麼鶴齡要跟藕夫人商量迎娶巧雲的事情？藕夫人縱使在伍家掌權，鶴齡叔父根本不需要得到藕夫人的同意就能迎娶任何人，這是鶴齡叔父的私事，你說得越來越荒唐，雅婕大姐，你說是不是？」

「你聽他說下去。」雅婕一副了然於胸，從容不迫地說。

「巧雲死後，藕夫人又策劃了另一宗陰謀，找人襲擊雅婷。」

「你說什麼也行咯，藕夫人已經死了，死人不會反駁。」業成氣忿地說。

「你少安無躁。雅婷受襲時剛好遇到我們拯救了她，免於受辱，雅婷扯掉暴徒的衣服鈕扣，當我拿這個鈕扣給雅婕大姐看的時候，雅婕大姐臉色突變，她認得那顆鈕扣但沒有說破，我拿那顆鈕扣給我的裁縫師辨認，他說這顆鈕扣屬於何家望族特製的，中間的風車代表荷蘭國，何家香港的開基祖先是混血兒，母親是廣東人，父親傳說是荷蘭人，從此以『何』為姓，這一顆鈕扣是何家的，伍家的人跟何家有關係的除了雅婕大姐、業勤外，就只有藕夫人了，也只有藕夫人能夠唆使何家的人襲擊雅婷。」

「為什麼藕夫人要置雅婷於死地？」

「雅婷長得像蝶婷，鶴齡伯父至今仍然深愛著蝶婷夫人。」

「那又關藕夫人什麼事？藕夫人只不過是傲菡夫人的奶娘，又不是菡傲夫人。」

雅婕臉色變得陰沉。

顧日凡不理會業成繼續說：

「我們扶著雅婷到妍玥姑媽家去，雅婷哭得梨花帶雨，我們告訴妍玥姑媽雅婷受到淫賊偷襲意圖強暴，妍玥姑媽突然失控地說要我們帶雅婷離開伍家，妍玥姑媽將從前見過的幾件事情串連起來，意會到蝶婷夫人死亡的前因後果，十七年前那一天她聽到藕夫人叫蝶婷夫人進入太老爺的房間，後來蝶婷夫人走出來時妍玥姑媽又看到她悽苦哭泣的樣子，朱伯也證明妍玥姑媽離開時一臉疑惑的表情，至今妍玥姑媽看到雅婷差點被強暴的悽苦神情，跟蝶婷夫人當時一式一樣，妍玥姑媽綜合幾件事情得出了可怕的結論，她終於明瞭伍沛添太老爺侵犯了蝶婷夫人。」

「那麼鶴齡叔父是否知道真相？」

「妍玥姑媽叫你傳話給鶴齡伯父『不要助紂為虐，再唸七步詩。』第一句指鶴齡伯父知道陷害蝶婷夫人事件是藕夫人策劃的，不要再幫她傷害雅婷，第二句指雅婷不是鶴齡伯父的女兒，是他和妍玥姑媽同父異母的小妹，還有那天晚上鶴齡伯父看過玥姑媽的信後將它燒掉，妍玥姑媽將她推斷的事情告訴鶴齡伯父，伯父毫不詫異，證明他一早知道真相，也解釋了蝶婷夫人為什麼憎恨懷孕，為什麼想掐死雅婷，最後拋棄雅婷投水自盡，為什麼太老爺對雅婷愛護有加，為什麼鶴齡伯父從小就不喜歡雅婷，雅婷長大又對她漸生情愫，各人的種種是非、矛盾、愛恨情怨緊緊糾結在一起，最後導致鶴齡伯父和藕夫人雙雙死去的慘劇，這一切都源自藕夫人偏執瘋狂的情愛，太老爺寡廉鮮恥，亂倫強姦了蝶婷夫人做成的孽債。」

「你說的太震撼了，令人不敢相信。」

「那天晚上我們跟鶴齡伯父在『菡秀水榭』喝酒，他清楚表明巧雲只是個幻影，暗喻本尊另有其人，那就是蝶婷夫人，證明了鶴齡伯父對蝶婷夫人的愛永誌不渝，如此赤裸裸的表白觸怒了藕夫人。」

「為什麼總是藕夫人？」

「鶴齡伯父闡釋了《錦瑟》這首詩，其實是他的心曲獨白，哀音悲鳴，『錦瑟無端五十弦』，藕夫人愛恨暴烈，失心瘋不受控制，『一弦一柱思華年』，懷念從前跟蝶婷夫人美好的日子，『莊生曉夢迷蝴蝶』，蝶婷夫人含恨而終，鶴齡伯父痴念迷想，相會無期，『望帝春心託杜鵑』，太老爺奪妻之恨，痛苦永烙，椎心泣血，杜鵑啼血魂斷，至死方休，『滄海月明珠有淚』，有苦未能訴，無處話悽涼，鮫人泣月淚成珠，天荒地老恨綿綿，『藍田日暖玉生煙』美好的生活是虛幻，可望不可及，『此情可待成追憶，只是當時已惘然』，多情空惆悵，獨遺怨恨夜夜心。」

「那麼誰殺死鶴齡伯父和藕夫人？」

「藕夫人殺死了小妾、蝶婷夫人、巧雲，還策動了何家的人意圖強暴雅婷，當晚喝酒時藕夫人看見雅婷安然無恙已動了殺機，她要殺盡鶴齡伯父所愛和像蝶婷夫人的女人，雅婷長大極似蝶婷夫人，是她的眼中釘、肉中刺，當她聽到雅婷要離開伍家，她決定當晚殺死雅婷，鶴齡伯父看穿她的意圖，立刻遣走雅婷，這是鶴齡伯父借妍玥姑媽要我們當晚帶走雅婷的原因，他走進雅婷的房間等候藕夫人來殺他，藕夫人不知就裡，將躺在床上的鶴齡伯父當作雅婷，用刀插死他，當藕夫人發現錯殺鶴齡伯父，伯父已返魂無術，鶴齡伯父死了，藕夫人活在這個世上再也沒有任何意義，自戕而死。松齡伯父發現鶴齡伯父被藕夫人殺死後自殺，先將藕夫人搬回她的房間，這是朱伯看到鶴齡伯父在雅婷房間的狀況，和藕夫人的房門打開了，松齡伯父搬運鶴齡伯父的屍體回房間後跑去跟雅婕大姐商量，兩人商量後決定將兩人情殺自殺的真相掩藏過去，連忙回伍家搬走藕夫人，他們這樣做當中隱藏了一個藕夫人的祕密。」

「那是什麼祕密？」

顧日凡以徵詢的眼神看著雅婕。

雅婕又再深深嘆了一口氣點了頭。

「當我第一次看到藕夫人時，她給我的感覺很年輕，我指她的精神上，她悅耳甜美的聲音、優雅俐落的身段，活力十足，絕對不像她的外表七十多歲，她到來伍家時她的身分卻十分神祕，大家只知道她是何家的遠房親戚，可是伍家太老爺對她禮待周周，奉她為上賓，最奇怪是她立刻遣散了所有舊傭人，連傲菡夫人的貼身丫環翠蓮也不例外，可是她對翠蓮極好，讓她漂漂亮亮體面地出嫁，還送給她豐厚的嫁妝，可是藕夫人從未跟翠蓮親自說話，這些是朱伯和翠蓮的證辭。」

「你的結論是什麼？」

「藕夫人遣散所有舊傭人是怕舊傭人認出了她，尤其是翠蓮，可是她對翠蓮十分照顧，表示她對翠蓮有深厚的感情。」

「藕夫人是代傲菡夫人照顧蓮姨、雅婕大姐和業勤。」

「藕夫人與翠蓮萍水相逢，為何藕夫人會對翠蓮嫁娶的事情盡心盡力？嫣紅太姨娘和妍玥姑媽一些證辭十分矛盾，她們說雅婕大姐是一個非常刁鑽的小姑娘，只親傲菡夫人，可是兩人異口同聲地說當藕夫人到來，雅婕大姐非常黏她，嫣紅太姨娘還稀奇的說藕夫人如何收服她，翠蓮也證實雅婕大姐只會膩著傲菡夫人，傲菡夫人死後雅婕大姐沒有傷心，只纏著翠蓮問傲菡夫人什麼時候回來，直到藕夫人到來，雅婕大姐宛如找回了親媽媽，我說得對不對，雅婕大姐？」

「你再說下去。」

「藕夫人和鶴齡伯父之間相處的態度很特別，業成說他們經常同枱吃飯、喝酒如一家人，你們看慣了並不突兀，可是在我看來有點兒那個吧，還有藕夫人對鶴齡伯父貼服的程度，跟藕夫人的性格大相逕庭，朱伯說鶴齡伯父就是藕夫人的一帖藥，只有鶴齡伯父才治得了藕夫人，他說不，她也不辯駁，只有一個人極愛另一個人才會有這種異常的行為，可是鶴齡伯父愛藕夫人嗎？」

「難以想像！」

「至於藕夫人對其他女子的態度，嫣紅太姨娘說藕夫人瞧不起她和蝶婷夫人，這是兩人社會地位高低問題嗎？可是姸玥姑媽的證辭說藕夫人和蝶婷夫人之間並不是身分高下的問題，是女人與女人之間的爭奪，她們爭奪什麼？女人間的爭奪當然是愛情，唯一的對象是鶴齡伯父。接著發生藕夫人動手打了雅婷一下耳光，雅婷魯莽地闖進鶴齡伯父的房間，發覺兩人衣衫不整，他們在歡好嗎？但是兩人的外形反差實在太大了，不可能有這種事嘛？雅婷跟藕夫人鬥嘴，藕夫人惱羞成怒再想打雅婷，鶴齡伯父阻止了她，說了這句話『不要再說了，再說下去別人當你是怪物。』」

「為什麼鶴齡伯父會這樣說？」

「我綜合了各人的證辭，想了又想，傲菡夫人和藕夫人的身影竟然重疊在一起，兩人合而一，分身為二，我感覺藕夫人的行為就如一個活生生的傲菡夫人，那一天我跟你一起去探訪翠蓮，她不經意的一句證辭證實了這一點，她說『藕夫人耳朵的形狀跟傲菡夫人的是一模一樣。』這才是直中紅心的證辭，我立刻飛奔到跑馬地天主教墳場。」

「幹啥？」

「去看藕夫人的墓碑，我第一次拜拜時墓碑仍未安放，這次我看到了，上面只刻上了英文姓名，死者生於一八六八年，卒於一九一一年，享年四十三歲，藕夫人只有四十三歲。」

「那……那怎麼可能？」

「剛才我說過藕夫人和傲菡夫人的耳朵是一模一樣，兩個人的耳朵不可能生長得絕對相同，醫學上已經證實了，這一點是鐵證，結論是藕夫人就是傲菡夫人，這就是我要向雅婕大姐求證的事情，雅婕大姐？」

雅婕滿臉寒霜，冷冰冰說：

「你追查到答案了，藕媽媽就是我的媽媽傲菡夫人。」

「你怎樣知道？」

「當我知道媽媽生個弟弟或妹妹給我，我興奮得整晚睡不著，穩婆抱著弟弟出來時我嚷著要看媽媽，那些大人卻不許我見她，我記起爹媽房間外面的小花園在牆腳有一個小洞，我就從小洞爬進去，媽媽看見我十分高興還摟抱我叫我心肝，那時侯我發覺她有點不同。」

「是否容貌變老了？」

「你怎知道？」

「翠蓮說過。後來怎樣？」

「我每天都爬進去跟媽媽玩，看著她一天天老下去。」

「你沒有驚怕嗎？」

「沒有，只是好奇，她是我媽媽，我為什麼要怕她？我愛她始終如一，我問她為什麼會這樣，她說她要變做童話故事裡的皇后，皇后是年紀大的女人才能做，還說這是我與她之間的祕密，過了二天媽媽對我說她要到一個仙境接受魔法才能變做真正的皇后，但是這件事絕對不能說出去，要是給別人知道，破了魔法，媽媽就不能變做皇后回來跟我、弟弟和爹過日子了，她答應我她一定會回來，繼續做我的皇后媽媽，我對她發誓說我永遠不會告訴別人，後來媽媽終於回來了，可是由一朵美豔的蓮花化身做一根黯然失色的蓮藕枝了，只有美麗灰藍色的眼睛跟以前一樣。」

「真是令人傷心的童話。」

「顧先生，我媽患了什麼病？」

「傲菡夫人所患的病在醫學上叫『獲得性皮膚鬆弛症』，我翻查了醫學文獻，過去幾百年外國只有二、三十宗病例，中古歐洲人們相信她們是女巫，會將她們燒死。這病症成因未明，一些個案可能跟生孩子有關，有人一夜變老，一些在幾個月內，最長是一年，至今仍無藥可醫，它不是早衰老症，病者只在外表發生變化，鬆弛的位置多在臉蛋和脖子，身體機能仍然年輕，我第一次看到藕夫人時已經發覺她雙手的皮膚比臉龐年輕嫩滑，人類雙手和臉蛋皮膚衰老的速度是一樣，臉有多老手就有多老，還有藕夫人的聲音清脆甜美，絕無老女人的沙啞，動作優雅俐落，只要不看藕夫人的臉孔，就能輕易感受到她是一個精力充沛的健康女子，她絕對有能力殺死小妾、巧雲。」

雅婕臉色蒼白，欲哭無淚。

「雅婕大姐，傲菡夫人有沒有遺言？」業成問。

「媽媽沒有，爹卻有。」

「是什麼？」

「媽媽彌留之際，噏著氣重複爹的說話『對不起，我愛……。』」

「傲菡夫人這一生為情生，為情苦，不，天下女子皆如是。傲菡夫人最後也為愛殉情，可是仍得……。」顧日凡說。

雅婕臉容哀傷悽怨看了他一眼，蹣跚地走到祭壇前，跪下閉目，合上雙手對著耶穌像禱告，眼角瀉下串串淚珠，喃喃說：

「萬能的主啊，請您以寬大仁厚慈悲的心，饒恕母親的罪孽，從熾熱恐怖的地獄拯救她出來，免受烈火焚身之苦，讓她的靈魂飛升到天堂，回到您的身旁侍奉您，阿門。」

兩人黯然離去，走了不幾步，業成突然怪叫道：

「還有一件事沒有解決。」

「什麼事？」

「我的身世。」

「枉你是香港西醫學院的學生，孩子是怎樣生出來？」

「男女結合就生孩子。」

「再精確一點。」

「男方上億的精子競爭與女方唯一卵子結合，只有一條最強的精子才能與卵子結合成受精卵，受精卵發育成嬰兒。」

「當天嘉芙蓮的證辭說得十分清楚，她說她和阿朗燕好後，阿朗罵她後離去，嘉芙蓮心情低落沒有潔淨善後就喝悶酒喝醉了，此時松齡伯父跑上來將嘉芙蓮強暴，回到家裡與你媽媽歡好，從阿朗與嘉芙蓮翻雲覆雨，嘉芙蓮被松齡伯父強暴，松齡伯父再與你媽媽共赴巫山，嘉芙蓮與松齡伯父擔當了一個仲介的角色，阿朗的精液留在嘉芙蓮的體內，松齡伯父的身體沾染了阿朗的精液，將阿朗的精液傳送進你媽媽的身體，在那場精子遊弋競賽，阿朗的精子跑贏了你爸爸的精子，與你媽媽的卵子結合生下了你，你的出生純屬意外。你媽媽沒有失貞，全都是你爸爸的錯，他不應該強暴嘉芙蓮，不，你不是你爸爸的兒子，但你還是你媽媽的兒子，明白了沒有，傻小子。」

「明白了。」

「可惜壞蛋仍然逍遙法外。」

「嗯。」

「就算英國人在香港建立了一個公平的法律制度，灌輸三權分立的思想，華人仍然生活在一個人治的社會，跟封建時代沒有分別。」

「我們根本沒法改變華人盲目服從一個權威的想法。」

「要是一個制度失效，就要另找出路。」

「但是我們能推翻如山重的強壓嗎？」

兩人悶聲不響走著，業成打破沉默說：

「鶴齡叔父那句遺言是什麼意思？」

「你想到什麼？」

「我想是『對不起，我愛你。』」

「鶴齡伯父最愛是蝶婷夫人。」

「那麼『對不起，我愛蝶婷』？」

「那絕對不是鶴齡伯父的為人，他不會說這樣的說話。」

「哪是什麼？你想到什麼？」

「鶴齡伯父被傳統、禮教逼迫得很苦，無法超脫，又失去他嚮往的愛情，他用生命守衛蝶婷夫人的女兒，隨著蝶婷夫人而去是他最好的歸宿。走吧，吃過晚飯我們還趕得及到大會堂聽交響樂。」

後記

一九一二年中華民國在南京成立，滿清亡。

一九一二年業成醫科畢業，帶著雅婷到英國定居。

一九一三年招敬斌從新加坡捎來一封信說生了一個寶寶。

一九一五年伍宅遭逢祝融光顧，大屋燒個清光，片瓦不留。

一九一九年五四運動爆發。

要推理47　PG1856

要有光 FIAT LUX　錦瑟

作　　者	顧日凡
責任編輯	洪仕翰
圖文排版	周妤靜
封面設計	蔡瑋筠

出版策劃	要有光
發 行 人	宋政坤
法律顧問	毛國樑　律師
印製發行	秀威資訊科技股份有限公司
	114台北市內湖區瑞光路76巷65號1樓
	電話：+886-2-2796-3638　傳真：+886-2-2796-1377
	http://www.showwe.com.tw
劃撥帳號	19563868　戶名：秀威資訊科技股份有限公司
	讀者服務信箱：service@showwe.com.tw
展售門市	國家書店（松江門市）
	104台北市中山區松江路209號1樓
	電話：+886-2-2518-0207　傳真：+886-2-2518-0778
網路訂購	秀威網路書店：http://store.showwe.tw
	國家網路書店：http://www.govbooks.com.tw

出版日期	2018年2月　BOD一版
定　　價	320元

國家圖書館出版品預行編目

錦瑟 / 顧日凡著. -- 一版. -- 臺北市 : 要有光,
2018.02
面； 公分. -- (要推理 ; 47)
BOD版
ISBN 978-986-95365-7-8(平裝)

857.81 106022275

讀者回函卡

感謝您購買本書，為提升服務品質，請填妥以下資料，將讀者回函卡直接寄回或傳真本公司，收到您的寶貴意見後，我們會收藏記錄及檢討，謝謝！
如您需要了解本公司最新出版書目、購書優惠或企劃活動，歡迎您上網查詢或下載相關資料：http:// www.showwe.com.tw

您購買的書名：____________________

出生日期：________年________月________日

學歷：□高中(含)以下　□大專　□研究所(含)以上

職業：□製造業　□金融業　□資訊業　□軍警　□傳播業　□自由業
　　　□服務業　□公務員　□教職　□學生　□家管　□其它____

購書地點：□網路書店　□實體書店　□書展　□郵購　□贈閱　□其他

您從何得知本書的消息？

□網路書店　□實體書店　□網路搜尋　□電子報　□書訊　□雜誌
□傳播媒體　□親友推薦　□網站推薦　□部落格　□其他__________

您對本書的評價：(請填代號　1.非常滿意　2.滿意　3.尚可　4.再改進)

封面設計____　版面編排____　內容____　文／譯筆____　價格____

讀完書後您覺得：

□很有收穫　□有收穫　□收穫不多　□沒收穫

對我們的建議：____________________

____

____

____

請貼
郵票

11466
台北市內湖區瑞光路 76 巷 65 號 1 樓
秀威資訊科技股份有限公司 收
BOD 數位出版事業部

（請沿線對折寄回，謝謝！）

姓　　名：＿＿＿＿＿＿＿＿　年齡：＿＿＿＿　性別：□女　□男

郵遞區號：□□□□□

地　　址：＿＿＿＿＿＿＿＿＿＿＿＿＿＿＿＿

聯絡電話：(日)＿＿＿＿＿＿＿＿（夜）＿＿＿＿＿＿＿＿

E-mail：＿＿＿＿＿＿＿＿＿＿＿＿＿＿＿＿